福建思想文化大系

总主编　张帆

庐隐全集

卷六

王国栋　编

海峡出版发行集团
THE STRAITS PUBLISHING & DISTRIBUTING GROUP
福建教育出版社

图书在版编目（CIP）数据

庐隐全集. 第6卷/王国栋编. —福州：福建教育出版社，2015.9
（福建思想文化大系/张帆总主编）
ISBN 978-7-5334-6774-6

Ⅰ. ①庐… Ⅱ. ①王… Ⅲ. ①中国文学—现代文学—作品综合集 Ⅳ. ①I216.2

中国版本图书馆CIP数据核字（2015）第048340号

策划编辑 苏碧铨 祝玲凤

责任编辑 祝玲凤

装帧设计 季凯闻

目　录

1934 年

1934年

致陆锡祯信（二）

锡祯先生：

前来示并《华安》第三期所刊拙著《火焰》之稿费单均已收到，谢谢！兹由邮寄上余稿六章，望妥为保存，陆续刊登为荷。

周蜀云先生已来沪[①]，如有暇，甚盼来寒舍一谈。先生能为我转达此意否？

天气风厉，敬祝

兴居纳福，并望稿到示覆。

黄庐隐上

一月廿三夜

（本信件写于1934年1月23日，发表于1934年6月10日《华安》杂志第2卷第8期；同期还刊有庐隐致陆锡祯两信的手迹和《火焰》原稿影印件）

---

① 《华安》主编陆锡祯曾向厦门大学教授周蜀云约稿，周先生于是推荐他去庐隐处索稿。

致《人间世》信

两奉手示并发刊词敬悉一是[①]。缘忙于校课，未克即覆为歉。兹抽暇草得短文一篇《窗外的春光》，由邮奉上。望祈查收并覆为荷。耑此敬覆，并请

撰祺！

黄庐隐谨启

三月十五

（本信件写于 1934 年 3 月 15 日，最初发表于 1934 年 5 月 20 日《人间世》杂志第 4 期）

① 一是，犹一切。

给黄九如的致谢信[①]

……足下牺牲精神时间为隐代课，复坚却微酬，高谊令人铭感。唯无功受惠者，未免愧怍耳，特此耑函鸣谢，并颂
春祺

妹黄庐隐书

三月卅日

（本信件写于1934年3月30日，连同庐隐手迹发表于1934年7月16日《现代女性》创刊号）

---

① 1934年3月，庐隐任教于上海工部局女中，因怀孕不时请同事黄九如为她代课。此为给黄九如的致谢信。刊载时略去收信人姓名。

我的创作经验

我虽过了十年创作生活；在这十年之中世变无穷，就是文坛也是花样几翻，时而浪漫文学，时而写实文学，时而普罗文学，真是层出不穷，一个作家站在这种大时代的旗帜之下，有时真不免惶惶然不知何所适从。

不过这仅仅是浮面的形象，——据我个人的意见，一个作家必具有几项根本条件，这些根本条件是亘古不变的，是永远的真理，那么这条件究竟是什么呢？兹略举如下：

甲、一个作家必具有“诚恳”的态度，美国写实派詹姆士说：“唯诚恳为作者无上之权利，应尽量享受之，占有之，扩大之，宣传之而欣赏之。全人生皆属于汝……”

因为小说家所表现的，是真实的人生，这种真实的人生，不是虚夸的态度，所能表现得出的，所以要作品含有真实性，使读者感受深切，那么作家必具有诚恳的态度，当然毫无疑义了！

乙、作家应具有“忍耐”之条件，佛罗贝尔之言曰：“文学天才仅为长期的忍耐”。这所谓忍耐自然指着修养而言，因为一个作家，要以人间的事实，采为作品的材料，第一对于事物不能无精密的注意，细心的审办，以发现众人所未窥到的另一面；而这种的努力非有忍耐心者不办。

丙、充实个人生活：除以上所说的两项以外，作家还应当充实个人生活，因表现人生，当以作家生活经验为基础，虽然经验有间接的，直接的分别，但无论如何，作家生活经验越丰富，其作品的真实性也越浓厚，反之则其作品不免空虚无力，——虽然有时想象的真实，会胜过实际的真实，但想象的根据，仍不能离去既往的经验，所以一个优越的作家，其生活经验必定是丰富的。

除了上列几项之外，当然还有，如艺术手腕之训练等，因限于时间，不能详述。总之欲成一个优越的作家，对于自身的生活的充实及人格的修养，与文字的工具的熟练，都不可放松，能如此，即使不是特殊的天才，也应有相当的成就吧！

（本篇最初发表于 1934 年 3 月《女青年》月刊第 13 卷第 3 期）

窗外的春光

几天不曾见太阳的影子，沉闷包围了她的心。今早从梦中醒来，睁开眼，一线耀眼的阳光已映射在她红色的壁上，连忙披衣起来，走到窗前，把洒着花影的素幔拉开。前几天种的素心兰，已经开了几朵，淡绿色的瓣儿，衬了一颗朱红色的花心，风致真特别，即所谓“冰洁花丛艳小莲，红心一缕更嫣然”了。同时一股沁人心脾的幽香，喷鼻醒脑，平板的周遭，立刻涌起波动，春神的薄翼，似乎已扇动了全世界凝滞的灵魂。

说不出是喜悦，还是惆怅，但是一颗心灵涨得满满的，——莫非是满园春色关不住，——不，这连她自己都不能相信；然而仅仅是为了一些过去的眷恋，而使这颗心不能安定吧！本来人生如梦，在她过去的生活中，有多少梦影已经模糊了，就是从前曾使她惆怅过，甚至于流泪的那种情绪，现在也差不多消逝净尽，就是不曾消逝的而在她心头的意义上，也已经变了色调，那就是说从前以为严重了不得的事，现在看来，也许仅仅只是一些幼稚的可笑罢了！

兰花的清香，又是一阵浓厚的包袭过来，几只蜜蜂嗡嗡的在花旁兜着圈子，她深切的意识到，窗外已充满了春光；同时二十年前的一个梦影，从那深埋的心底复活了：

一个仅仅十零岁的孩子，为了脾气的古怪，不被家人们的了解，于是把她送到一所囚牢似的教会学校去寄宿。那学校的校长是美国人，——一个五十岁的老处女，对于孩子们管得异常严厉，整月整年不许孩子走出那所建筑庄严的楼房外去；四围的环境又是异样的枯燥，院子是一片沙土地；在角落里时时可以发现被孩子们踏陷的深坑，坑里纵横着人体的骨骼，没有树也没有花，所以也永远听不见鸟儿的歌曲。

春风有时也许可怜孩子们的寂寞吧！在那洒过春雨的土地上，吹出一些青草来——有一种名叫“辣辣棍棍”的，那草根有些甜辣的味儿，孩子们常常伏在地上，寻找这种草根，放在口里细细的嚼咀；这可算是春给她们特别的恩惠了！

那个孤零的孩子，处在这种阴森冷漠的环境里，更是倔强，没有朋友，在她那小小的心灵中，虽然还不曾认识什么是世界；也不会给这个世界一个估价，不过她总觉得自己所处的这个世界，是有些乏味；她追求另一个世界。在一个春风吹得最起劲的时候，她的心也燃烧着更热烈的希冀，但是这所囚牢似的学校，那一对黑漆的大门仍然严严的关着，就连从门缝看看外面的世界，也只是一个梦想。于是在下课后，她独自跑到地窖里去，那是一个更森严可怕的地方，四围是石板作的墙，房顶也是冷冰冰的大石板，走进去便有一股冷气袭上来，可是在她的心里，总觉得比那死气沉沉的校舍，多少有些神秘性吧。最能引诱她当然还是那几扇矮小的窗子，因为窗子外就是一座花园。这一天她忽然看见窗前一丛蝴蝶兰和金钟罩，已经盛开了，这算给了她一个大诱惑，自从发现了这窗外的春光后，这个孤零的孩子，在她生命上，也开了一朵光明的花，她每天象一只猫儿般，只要有工夫，便蜷伏在那地窖的窗子上，默然的幻想着窗外神秘的世界。

她没有哲学家那种富有根据的想象，也没有科学家那种理智的头脑，她小小的心，只是被一种天所赋与的热情紧咬着。她觉得自己所坐着的这个地窖，就是所谓人间吧——一切都是冷硬淡漠，而那窗子外的世界却不一样了。那里一切都是美丽的，和谐的，自由的吧！她欣羡着那外面的神秘世界，于是那小小的灵魂，每每跟着春风，一同飞翔了。她觉得自己变成一只蝴蝶，在那盛开着美丽的花丛中翱翔着，有时她觉得自己是一只小鸟，直扑天空，伏在柔软的白云间甜睡着。她整日支着颐不动不响的尽量陶醉，直到夕阳逃到山背后，大地垂下黑幕时，她才怏怏的离开那灵魂的休憩地，回到陌生的校舍里去。

她每日每日照例的到地窖里来，——一直过完了整个的春天。忽然她看见蝴蝶兰残了，金钟罩也倒了头，只剩下一丛深碧的叶子，苍茂的在薰风里撼动着，那时她竟莫明其妙的流下眼泪来。这孩子真古怪得可以，十零岁的孩子前途正远大着呢，这春老花残，绿肥红瘦，怎能惹起她那么深切的悲感呢?！但是孩子从小就是这样古怪，因此她被家人所摒弃，同时也被社会所摒弃。在她的童年里，便只能在梦境里寻求安慰和快乐，一直到她是［赘字］否认现实世界的一切，她终成了一个疏狂孤介的人。在她三十年的岁月里，只有这些片段的梦境，维系着她的生命。

阳光渐渐的已移到那素心兰上，这目前的窗外春光，撩拨起她童年的眷恋，她深深的叹息了："唉，多缺陷的现实的世界呵！在这春神努力的创造美丽的刹那间，你也想遮饰起你的丑恶吗？人类假使的连这些梦影般的安慰也没有，我真不知道人们怎能延续他们的生命哟！"

但愿这窗外的春光，永驻人间吧！她这样虔诚的默祝着，素心兰象是解意般的向她点着头。

（本篇最初发表于1934年4月5日《人间世》半月刊杂志创刊号）

读诗偶得

年来以心为形役，未尝不惆怅而独悲，唯生于今日工商业发达之世，欲不为口腹之累，悄然远行，势有所不可能者，无已则忙里偷闲，于口耕舌种之余暇，闭户焚香，细品清茗，读古人佳作，俾此心暂入“悠闲”之境，亦扰扰人世中之一乐事也欤？

近读古人诗，偶有会心处，辄拉杂书之，今以公之同好，不知亦有当否？

（一）诗不可学，然亦不能不学。盖不可学者，诗人锐敏之感觉，热烈之情感，丰富之想象耳。而不能不学者，则其描写之技巧，如音调之铿锵，声律之和协等，皆由于锻炼而成。

学古人诗有二法：（1）客观方法学诗，即每家一体，分而学之。如王湘绮是。（2）主观方法学诗：以自己为中心，无论何诗，皆当前后一调，成为自己独具之风格。李太白学诗亦分而学之，如其五言诗、拟古诗学刘心［公］干，写景学谢玄辉［晖］。以太白大才尚分而学之，则吾人学诗尤不能不揣摸各家之长，俟既得之矣，则不难融化而自成风格。

又学诗应以“清新”为主。“清新”二字见于杜诗：去重〈典〉谓之清，去陈意谓之新，故唐人诗多描写女性，多“比兴”之法，而宋人则多描写男性（表现自己之人格）。按诗之正宗，则以“比兴”为尚，但宋人以为如此，不过多赠古人数诗耳，故必推陈出新，别开生面。盖诗之上乘，应具有时代精神，不应唯学古代之躯壳。虽初学时，不能无所取法，但终必须自成格调，所谓始于模拟，终于创造也。

（二）作诗绝不可绳之以逻辑。盖诗人造句，率在感觉所得来一瞬之情感耳，非从考虑上得来，其不通处，正是其绝妙处，如王昌龄之《送魏二》：“辞别江楼桔柚香/江风引雨入舟凉/忆君遥在潇湘月/愁听清猿梦里长。”

此诗之“梦里长”三字即有不通之妙。

又王昌龄之《听流人水调子》：“孤舟微月对枫林/分付鸣筝与客心/岭色千重万重雨/断弦收与泪痕深。”

此诗盖作于昌龄因不护细行，谪于汶州之时。汶州地近蛮荒，瘴烟溯气，至足惹人愁思，故听鸣筝而下泪也。按理“雨痕”自多于“泪痕”，但诗人只以其感觉所得而书之，故不计事实上之雨痕深于泪痕否也。

（三）作诗有因景生情者，如王涯之《宫词》：“碧绣檐前柳散垂（此写景也）/守门宫女欲攀时/曾经玉辇从容处/不敢临风折一枝”（此由景生情也）。

又如杨巨源之《折杨柳》：“水边杨柳曲尘丝（此写景也）/

立马烦君折一枝/唯有春风最相惜/殷勤更向水中吹”（此因景生情也）。

但因景生情，第一须先造景。夫景何能造？即以特殊之境界而移其感想也。如一样月色，因人地之不同，其所生之感想亦异也。

（四）作绝句最应着力于一开一合，即以二不同之境界相贯而一之。如李白之《越中览古》：“越王勾践破吴归/将士还家尽锦衣/宫女如花满春殿/只今唯有鹧鸪飞。”

此诗有二不同之境界，上三句为一境界，写得如荼如火，而第四句一转，——另换一境界，将上面之境界，收拾干净，真有千钧之力。

又元稹之《刘阮妻》：“芙蓉脂肉缘云鬟/罨画楼台青黛山/千树桃花万年药/不知何事恋人间。”

此诗乃元稹代刘阮妻，送刘阮回天台所作，前三句极写天台之佳，而结尾一转，则三句皆抹煞净矣，此种诗前三句应每句一意，极力开拓，使力量堆积雄厚，然后用一句翻转，则不至于松懈无味矣。

（五）作诗贵用衬托之笔，如刘禹锡之《金陵五首》之一：“山围故国周遭在/潮打空城寂寞回/淮水东边旧时月/夜深还过女墙来。”

此诗为怀古伤今之作，即怀其变迁而吊之，然另一方面，则必衬之以不变化者始能动人，故以“旧时月”而衬“空城”也，“还”字寓有无限感慨。

又岑参之《山房春事》：“梁围日暮乱飞鸦/极目萧条三两家/夜树不知人去尽/春来还发旧时花。”

此诗亦以不变之花，而衬出已变之梁围，此“还”字亦同前诗寓有无限之感慨也。

又顾况之《赠远》：“暂出河边思远道/却来窗下听莺声/故人一别几时见/青草还从旧处生。”

此诗亦以不变之境界，而衬出已变之境界，与上二诗同一笔法，唯以不变之物衬出已变之物，尤应使目前之物，成为极妍丽明媚者，始能形容他方之寂寞荒凉来，如王安石《送客因寄女》诗：“荒烟凉雨助人悲/泪染衣巾不自知/除却春风沙继［际］绿/一如看汝过江时。”此乃变“春草还从旧处生”之调。

（六）诗人应有忘小我而存大我之超然情感，宋末谢翱《晞发集》（《西台恸哭记》）论作诗：“当其运思，身与天地俱忘”，有如是超然情感，然后能以无生命之物，视为有生命者，即加以人格化，如李白之《闻王昌龄左迁龙标遥有此寄》：“杨花落尽子规啼/闻道龙标过五溪/我寄愁心与明月/随风直到夜郎西。”

此诗之“明月”、“清风”皆由无知无情，而变成有知有情矣。

又诗人恒能破除人间所谓宽阔远近之见解，如戎昱之《旅次寄湖南张郎中》：“寒江近户漫流声/竹影临窗乱月明/归梦不知湖水阔/夜来还到洛阳城。”

洛阳乃唐之东都，湖者洞庭湖也，其中相距虽远，而诗人能破除之。此亦即所谓超然之情感也。

（本篇写于1934年4月，最初发表于1934年5月20日《人间世》杂志第4期）

复《人间世》信[①]

奉示敬悉，兹寄上近照一帧，查收示覆为盼。原照用后即留贵社亦无不可。耑此即覆并请

撰安

人间〈世〉社编辑先生台鉴

黄庐隐

（本信件手迹及庐隐本人照片发表于 1934 年 6 月 5 日《人间世》第 5 期）

---

① 1934 年 4 月 5 日，同乡林语堂创办并主编《人间世》半月刊，庐隐于 3 月间被邀为特约撰稿人。创刊号刊出《窗外的春光》。杂志索寄近照，4 月庐隐写了这封信。

复赵清阁信[①]（一）

清阁女士：

四月七日得手教，承君惠爱有加，感愧莫名！

茫茫人海，原不易得一知声，庐隐何幸，竟于不意中得之！狂喜可知矣！

足下处坎坷之境，而能自拔，如是坚毅卓越之精神，已足教我矣，庐隐更有何说以益足下耶？但愿彼此砥砺，勿负此生可也。

庐隐历年操粉条生涯，非好为人师，特为口腹之累耳！最近以身体不适，暂请假休养，家居清寂，苟得鱼轩过我[②]，亦所

① 赵清阁，作家，画家。当时为上海美专学生，是上海《女子月刊》的基本撰稿人。

② 鱼轩，古代贵族妇女所乘的车。

欢迎也！此请

著安！

黄庐隐上　四月九日

（本信件写于 1934 年 4 月 9 日，发表于 1934 年 12 月《女子月刊》第 2 卷第 12 期）

复赵清阁信[1]（二）

来示收悉，两日来复受感冒。足下如于不日来舍，当可晤谈舒怀也！如何？

致清阁鉴

庐隐伏枕草覆　五月八日

（本信件写于 1934 年 5 月 8 日，发表于 1935 年 1 月《女子月刊》第 3 卷第 1 期）

---

① 这封回信写于一张小名片上。五天后庐隐便去世，此可视为迄今发现的庐隐最后的绝笔。

我第一次所认识的社会

近读宋人词，最爱辛弃疾的《丑奴儿》一阕，是“少年不识愁滋味，爱上层楼。爱上层楼，为赋新词强说愁。而今识尽愁滋味，欲说还休。欲说还休，却道天凉好个秋”。这区区几十个字，其说透了人心的幽微，尤其使我感触更深。我相信一个人满嘴说愁说苦的时候，未必是他真愁真苦的时候。就是有一串似乎愁似乎苦的感觉，那也是极浮浅的。等到那一天被苦被愁所压扎得说不出来时，那他才真正的体验到苦与愁的滋味。辛弃疾究竟不弱，他不但是北宋一代的词宗，而且也真能体验人生；同时我也不免好笑自己从前的浮浅。

正是十年前罢，那时我刚从大学毕业。承一位先生介绍我到安徽宣城县的某一个中学教书。这是我第一次和社会相接触，当然是缺乏经验。于是无论对任何一件极平常的事都看得极严重。在那时候曾有两段日记。现在把它抄录下来。那种凭空揣测，自以为颇有经验颇有见地，同时又是那么把持不定矛盾的心理。虽然值不得什么，但由此可以想见一般青年人的心理，——到了现在，我已和社会混了十数年，今日所认识的社会和第一次所认识的社会简直两样了。但我倒因司空见惯，而且滔滔者天下皆是，倒难得去理会了。正有着辛弃疾欲说还休的心情呢。

某月某日　我到底走进这个陌生的新环境了，今后我应当怎样作人呢？昨晚我曾写信给一个在上海的朋友，我对他说："我总不愿意和人多接触——尤其是精神的接触是我最拒绝的。"我似乎已经看透了无论那一个人的心了。除了虚伪险诈，其他是一无所有，因此，我只愿淡淡的对付他们，不是万不得已，再不愿同他们多说一句话。

我的屋子是在这校舍靠西北角外的另一个隐落——那里有五间小巧的屋子，我和另外一个图书管理员钱女士同住——这学校里是头一次请女教职员，所以除了我俩以外都是男教员，这自然给我一种也新鲜也寂寞的感觉，不过我不知从什么理论上，推测出我处的环境是严重而危险的——同时这几天正落着连绵的秋雨，窗外偏偏又种着三株梧桐，两棵芭蕉心，风吹桐叶，在在撩人愁思，更加天幕沉沉，不安定的心更加上一层恐惧和苦闷了。

凄惘中又想到从芜湖乘着蓬船往这里来时，那一夜也正是风雨交作，舟子因为天色已晚不敢中途停泊，拼命的荡着桨，冒着风雨奔到城下，那时已经是谁楼上打罢了二更，城门早已严严的关上，我同钱女士，只得蜷伏在破芦席的船下，听那一阵阵翻潮掀浪的风涛和淅沥不止的雨脚，使人感觉生命前途的茫然。

夜半雨似乎比较小了，风也不那么猖獗，阴云已薄，淡月有拨云下窥的意思。我立时再也不能睡了，心头万念起伏，陡然又想起今天黄昏时船经过一个山脚下，那里有一将要倾颓茅屋，一个四十多岁的农妇，正忙着牵萝补屋，在她身旁还围绕着三个天真的孩子，不知经过这半夜的风狂雨暴，她们是否平安，唉，愿命运之神赐福她们吧！

船里的绿蜡，正摇摆的垂着泪滴。钱女士仍酣梦沉沉，舟子也鼾声大作，只有我是睁着一双眼，直到城下鸡声唱晓，舟子才起来作饭给我们吃，不久城门开了，我们雇了车子奔学校去……

某月某日　我自从立定不和人多接触的主张，每日教了书后，便独自回到室里，坐在一张藤椅上悄然沉思。有时候太觉苦闷了，便提笔给远隔关山的朋友写信，——这样沉默的生活过了没有多久，我忽然又觉得我这个主张有点靠不住，——人不和人接触是自然的事吗？啊，我应当试试解放我自己。

正在这个时候，几位男同事公请我同钱女士吃饭，起初我想拒绝不去，后来经他们再三的邀请，同时钱女士也觉得不去又不大好，因此我只得勉强的去了。——去时虽是勉强，但结果呢，真使我自己都要吃惊——我立刻感觉得我从前那种是自找苦吃，我觉得同事们也尽有坦白的心情，课余和他们在一起谈谈讲讲也并不是十分坏，况且自己是第一次走进社会，太孤独了又怎能认识社会呢？

这算我自己改正了自己的偏见，从那次吃饭后，我对于许多男同事们很自然的谈笑，在每天晚饭后我常同他们到东门外去散步，——那地方四周环着青山，两岸绕着绿水，斜阳的余辉，娇艳的罩着西方的天幕，我们雇了一只小划子在绿漪碧波中荡桨，有时我们也渡到江的对岸去，那里有一道小桥，桥旁点缀两三间朴质的茅屋子。西边是一大片草地，有几个牧童村姑在放牛，在唱山歌，我们处身在这神仙般的环境里，常常不自觉的沉醉而忘返，但同时也感觉得这些同事们，究竟是胸有城府的人，和那些天真的牧童村姑，相形之下，更觉出其丑陋，他们虽然满嘴说的是仁义道德，但只要细察他们的态度，就不禁有岫里白云，变幻莫测之感了。

当然，对于我这又是一个大打击，我又觉得还是不要和他们亲近的好，从此以后，我几乎比从前更沉默了，每天上课后，只是躲到房里睡觉；常常无缘无故的憎恨起人类来，觉得每一个不同的面貌的人，是藏着一颗缺乏同情的心，大家都是戴着浩然巾，在佯哭假笑的应酬着，总而言之，我是怀疑一切的人类。

（本篇最初发表于1934年5月15日上海《新夜报》“黄庐隐女士遗作特镌”）

梦

——夜的奇迹之十一

一尺多高的荆棘树卧在乱石堆上，熟透了的酸枣芬芳在夜气中飞散，细碎泉沫溅淋的白石上，响着清媚的月光，沉寂的山谷里弥漫了雾露之霰，悬崖旁孤立着一株百年以上的老松，仿佛夜游的神，只微俯着他那傲岸的躯干窥视人寰。

在这幽默荒凉的穷山僻谷里，久已断绝人类呼吸的悠然灏气，正笼罩着阴森的岗峦，但密林中正睡着凶怒的鸱鸮，石缝里正嚅［蠕］动难看的蚯蚓，如车轮般的毒蛇正盘旋于出深的谷里。

这种荒凉可怕的境地，虽然日月的光华不住照临，但是很难改变它们成为光明。

离开这里八九丈远，便是终日奔腾的海水，白浪在朝雾里高掀，如一座玲珑典丽的宫殿遥遥和这荒凉的小峦相呼应。那海潮是雄壮的高歌，有时也是抑郁的悲鸣，尤其是在月光临照下，碧清冷冽幽秘，是以迷惑住人类理智的心，使他不知不觉沉醉在这出奇的境地。

这是个离绝人群的荒地，没有探险的勇士，也没有逃遁的隐者，除了禽兽以外，永没有一个生物曾留在这里过。

在世界都已入梦时，这冷寂的孤岛上，忽发现一位怪异的神明。他头上的花冠一半是荆棘，一半是玫瑰所缀成的，脚上的长靴一边是幸福，一边是坎坷所作成的，他披着五色彩丝织成的袍子，腰间配着酸苦辣甜五味的锦囊，左手拿着一根柔软的丝绳，右手拿把锋利的刚斧。他从那跃动的海波上走了过来，在他的后面有一块木筏，上面载着一个昏迷的女郎。运命之神将她提在岸旁的沙地上，吩咐微风吹干她身上的潮湿，吩咐月光拨开她紧闭的两眼。于是这个年轻的女郎慢慢苏醒了，她披散那光亮而细长的柔发，仿佛一朵乌云在轻风里飘动，她身上白色的丝袍在月光下如白鸽的羽毛般的柔滑，一双红润如玉的脚，踏在洁白的云母石上惑乱了爱神波罗的心。她低垂着长而黑的睫毛，在她眼皮开合间闪动着奇秘的目光，她向这荒凉的四境看过之后，她的心在低低的哭泣，她的身体在不住的战抖，她的悲叹吓退了海潮，她的泪光羞淡了群星和冷月。

命运之神这时正靠着那株古松站着，手里不住抡动他的刚斧，使这幽谷中发出栗寒的呼声。那个落难的女郎，不由自主的跪在命运之神的脚下；用虔诚的眼泪去润湿那五色丝袍，并用火热颤抖的唇吻他的赤足，然后她仰起头，用绝对真诚的目光视着命运之神求道：

神呵！你是正直聪明的，你赋寄人类的运命是仁慈幸福的，但是神呵！我——可怜露捤在你那里得到的又是怎样的命运呢？你给每一个人以父母，但是我呵！我自生下来并未曾看见我的父亲——他在我降生的两个月以前已经离开了这个世界，母亲呢？她是含着眼泪抚育我的，我同她住在那肮脏狭窄的草屋星，我吃的是母亲甜蜜的乳浆，然而母亲呢？她啜着苦菜的根株，和腐朽的果食［实］呵！在这样贫窘之中，她未曾怨恨过你，而你还报复似的要了她的命，在我还不明白世界的意义之前，你便夺去了我的母亲。(未完)[①]

(本篇最初发表于1934年5月15日上海《新夜报》“黄庐隐女士遗作特镌”)

---

① 此篇为《夜的奇迹》最末一篇。庐隐在文末标注“未完”，表明还有意续写。可惜随后意外去世，遂成遗志。

夏天最后一朵玫瑰[①]

［英］摩尔原作　庐隐译

那是夏天最后一朵玫瑰，
剩下来孤单的开放；
她昔日所有可爱的同伴
　都萎谢了，都已死亡；
她身边没有一朵姐妹花，
也没有一朵玫瑰蕊
　来反映着她殷红的羞颜，
或来与她同声叹息！

① 《一周间》创刊号编者注："女士生前创作甚富，译文不多见；这两篇译诗（此篇和下一篇——引者注），是从女士的遗稿中捡出的；特为刊登于此，藉以表示我们底同情哀悼的情绪。"

你这孤独者，我将不让你
　这样就在枝上憔悴；
既然可爱的同类都长睡，
你也去，去同她们睡；
我便柔软的把你的花瓣
　分散在花床上，那里
　你花园中的同伴躺卧着，
　死沉沉，无香气。

当真挚的友谊萎谢了时，
当一颗一颗的珍珠
　从绚烂的爱圈上掉下来，
我也会随它们萎枯！
当真的心凋残的躺卧时，
当亲人走进了坟墓，——
呵，谁还愿在这荒凉世上
　一个人孤单的居住？

（本篇最初发表于1934年《一周间》创刊号；后收入李唯建选编的《英国近代诗歌选译》，中华书局1934年9月初版）

少女的哀愁

［英］兰特原作　庐隐译

我从前不爱他，如今他一死，
我感到一种孤寂。
从前他一讲话，我就要阻挡，
唉！如今！我不阻挡。
我虽没法找不爱他的理由，
千方百计来烦扰
　他和我自己；我但愿能把爱
　给他，只要他还在；
他最近为我而活，等他发现
　这是枉然，他把脸
　躲在神圣的地间，死的影里。
他曾为我而叹息，

如今我为他唏嘘，我的哀诉
　回响着，我的孤苦。
胸中燃着烈火，睡时涨起来，
随后醒过来，悲哀
　流出曾溶过他那柔心的泪；
他也流过同样的泪。
他新近这样祷告“慈悲的主！
　请别使她尝到痛苦！”
他的胸比坟上的雏菊还冷，
但他的呼吸更静；
孩子们在坟边念他的名字，
说起他短促的日子。
孩子们，不管怎样，替他默祷，
啊，也请替我祷告！

（本篇最初发表于1934年《一周间》杂志创刊号；后收入李唯建选编的《英国近代诗歌选译》，中华书局1934年9月初版）

庐隐自传

童年时代

当一个成人，回忆到他童年的时代时，总有些眷怀已往的情绪吧！——本来一个人的最快乐的时代，要算是无责任，无执著的童年时代了。但是我却是个例外，我对于我的童年回想起来，只有可笑和叹息！

我的父亲是前清的举人，我的母亲是个不曾读书的旧式女子，在我诞生之前，我母亲已经生了三个男孩，本来我的出世很凑巧，正是我父母盼望生一个女孩的时候。可是命运之神太弄人，偏偏在我生的那一天，外祖母去世了，母亲因此认为我是个不祥的小生物，无心哺乳我，只雇了一个奶妈把我远远的打发开，所以在我婴儿时代，就不曾享受到母爱的甜蜜。据说我小时最喜欢哭，而且脾气拗傲，从不听大人的调度，这一来不但失掉母亲的爱抚，就是哥哥们也见了我讨厌，加着身体多病，在两岁的时候，长了一身的疮疥，终日号哭，母亲气愤得就差一棒打死，还是奶妈看着我可怜，同我母亲商议，把我带到他家里去养，如果能好呢，就送回来，死了呢，那也就算了，母亲听了这个提议，竟毫不踌躇的答应了。

我离开家人，同奶妈到乡下去，也许是乡村的空气好阳光充足吧，我住在乡下半年，疮疥竟痊好，身体也变强壮了。当我三岁的时候，父亲放了湖南长沙的知县，因此接我回去。这时一家人都欢天喜地的，预备跟着父亲去享荣华富贵，只有我因为舍不得奶妈，和他的小女儿，我心里是悒悒的，终日哭声不止，父亲看见我坐在堂屋里哭，向我瞪着白眼怒吼道："哭什么，一天到晚看着你的哭丧脸，怎么不叫人冒火，再哭我就要打了。"我这时，只得忍住哭声，悄悄的躲到门背后去。

当我们坐着船到长沙去时，我幼小的心灵，不知为了什么伤损，终日望着海面呜呜的哭，无论哥哥怎样哄骗，母亲怎样恫吓，我依然不肯住声，这时父亲正同几个师爷，在商议办一件什么文案，被我哭得心头起火，走过来，抱起我，就向那滚滚碧流里抛下去，谁知命不该绝，正巧和一个听差的撞了个满怀，他连忙抢过我逃开了。——这一件事情，当时因为我仅仅三岁，当然记不清楚了，不过后来我年纪较大，母亲和姨母们偶尔谈起，我才知道，同时不免激起我一种悲楚的情流，假使那时便葬身于江流，也就罢了，现在呢，在人生的路途上苦挣扎，最后还是不免一死，——这一双灰色的眼镜戴上后，使我对于人生的估价是那样无聊消极。

我六岁的那年正月，父亲得了心脏病，不过十天就去世了。那时，母亲才三十六岁，而最大的哥哥仅仅十五岁，我下面还有一个妹妹才四岁。这一群无援无助的寡妇孤儿，立刻被沦入愁河恨海之中了。母亲是一个忠厚人，对于这突如其来的狼狈局面，简直无法应付，幸喜还有一个忠心的老家人，和父亲的同僚们把父亲的丧事将就办了；一方面把父亲历年所存下的一万多两银子，和一些东西，都变卖了，折成两万块钱的现款，打了一张汇到北京的汇票——因为我外祖家在北京，我舅父见父亲死的消息，立刻打电报，接我们到北京来。

在我父亲七满已后，我的大哥哥同那个老家人，运父亲的灵柩回福建祖茔安葬，我母亲带着我二哥哥——这时三哥已经去世，同我们两姊妹，还有两个婢女，一个女仆，坐船到汉口，换京汉车到北京——正好半路遇见黄河水涨，堤决水奔，倾刻间平地水深三尺，铁路车轨，也浸坏了，火车停在许州，母亲这时因为哀伤操劳过度，身体感觉不舒服，车既不能前进，旅馆又都被大水冲坏了，常睏［困］车上，就是没病的人已受不住，何况是个病人呢，这时我同二哥哥只围在母亲跟前哭，母亲呢，神志昏沈，病势似乎不轻。后来幸喜这地方的站长李君也是福建人，而且大家谈起来，他们和我舅父很相熟，所以便请我母亲搬到站长家里去小住，等水退时再作行计——站长的房子位置在一座小山上面，水所淹不到的地方。李站长的母亲，是个极慈善的人，他看见我母亲遭了这样的大不幸，孩子们又小，所以非常亲切的对待我们，不过他那里房子有限，我们的人太多，势不能都住在他家，因此便叫女仆和两个婢女，带着我，另住在离站不远的唯一的客栈里，我那时对于母亲的病，还不懂得着急，每日同婢女们，玩玩闹闹，有一天中午，我去看母亲，只见他如同发了疯，把身上的衣服，都脱了丢在地上，就是那件放汇票的贴肉的衬衫也剥了下来，幸好李老太太看见了，连忙替他收了起来，不然我们一群幼弱真不知此后，如何生活呢！

母亲的病势一天重似一天，李老太太替他各庙里烧香求佛，但是苍天不仁，百唤不应，眼看得不济事了，李站长忽听见朋友们说，有一个名医，从京来由这里路过，现在也被水阻在这里，所以连忙派人请了来，诊察的结果，他说母亲虽不是这[什]么大病，只为了忧伤过度，又加着受了些感冒，所以内热不清，并且身体也虚，必要长期保养，才能望好。

母亲自从吃了这位医生的药，病势渐渐的轻了，在许州整整养了三个月，才好了，这时黄河水势已退，我舅父派我的二表兄到许州来接我们，母亲也急着要走，所以还等不到身体大复原就起身了。

到了前门车站时，我的三表姐四表姐，和大表哥都来接我们。我记得她们招呼我们在接待室里，吃了一些点心，然后让我们上车——那时正在光绪末年，北平的交通用具，除了骡车还是骡车，这种车子，既颠簸，又碰头，我坐在车里左边一个爆栗，右边一个爆栗，碰得我放声大哭。好容易才到了舅舅家里，——舅舅这时候作的是农工商部员外郎，兼太医院御医，家里房子很大！并且还有一座大花园；表姊妹总在二十人左右，她们见我们来，都跑来看，黑压压拥了一屋子人。舅舅进来了，母亲望着舅舅挥眼泪，舅舅不住摇头叹气，我同哥哥因为认生，躲在母亲背后，不敢见人，后来我的四表姊来，拿了许多糖果，才把我哄到里面套间里去，同小表弟们玩，——从此以后我们便在舅舅家里住下了，母亲所带来的两万块钱，舅舅替他放了一个妥实的钱庄里，每月可拿两百元的利息，因此我们的生活比较安定了。

第二年舅舅请了一个先生，教我表兄和哥哥读书，我呢，便拜姨母为师——虽然他也不曾进学校，可是一向经我舅舅教他，也能读《女四书》一类的东西，请他教我这一字不识的蒙学生，当然是绰绰乎有余了。

读书对于我，真是一种责罚，每天姨母把一课书教好了，便把那间小房子的门反锁上，让我独自去读。我呢，东张张西望望，见这屋里除了一张书桌，两把椅子外，一无所有，这使我内心感到一种说不出的荒凉，简直对于书一些趣味都没有，站起来从门缝里向外张〈望〉，有时听见哥哥们在院子里唱歌，或捉迷藏玩，我的心更慌了，连忙把书丢在一边，一窜两跳的爬上桌子去，用口水把窗纸沾湿了，戳成一个洞，一只眼睛贴着洞口向外看，他们笑我也跟着笑，他们着急，我也跟着心跳，一上午的光阴，就这样消磨尽了，等到十一点多钟时，我听见门外姨母的脚步声，这一颗幼稚的心，便立刻沉到恐惧和愁苦的漩涡里去，如一只见了猫的老鼠般，伏贴的坐在书案旁，姨母走进门，拿过我的书，沉着脸说，“过来背书！”唉，可怜，我连字还认不清，又从那里背起呢！我闭着嘴，低着头，任她怎样逼我，只给她一个默然，这使得姨母的怒火冒了丈把高，一把拖过我来，“怎样，你是哑吧吗，不然就是聋子，叫你背书，怎样一声不响！”我偷偷举眼瞟了姨母一下，晓得无论如何，不能再装聋作哑了，只得放小声音说道：“我背不出！”

“你怎么这样笨！一课书统共不到三十个字，念了一早晨，还背不出！……那么念给我听！”姨母是要藉此下台，所以这样说。但是天知道，我是连念也念不上来呢，可是又不敢不试着念，结结巴巴念了一句，倒念出三个别字来。这一来，姨母可真忍不住了，拉过我的手心，狠狠的打了一十下，一面叹息着说：“你这孩子真不要好，你看哥哥妹妹那个不比你强，你明天若果再这样不用心，就不许你吃饭！”

姨母托着水烟袋，怒容满面的走了，我揩干眼泪，走到母亲房里，谁知不是冤家〈不〉对头，偏偏碰见姨母也在这里向母亲面前告我呢，所以母亲一见我，便狠狠的瞪了我一眼，厉色厉声骂道：“天生成的下流东西，你还有脸跑来见我，为了你念书，不知叫我生多少气！”母亲越说越有气，拿起门后头的鸡毛帚子，按在床上，拚命的抽了一顿，姨母见打得凶了，才过来劝开，我负着痛躲在帐子里啜泣。可是我心里总不明白，他们为什么这样虐待我，有时也想从此改了吧，用点心读书，可是到了第二天一走进那间牢狱般的书房，我从心里厌倦，我情愿把白粉墙上的粉，一块块剜了下来，再不愿意去看那本短命的书，结果呢，自然又不免一顿毒打了，有时候也真因念不出书挨饿，可是这种刻毒的责罚，再也不能制服我这拗傲的脾气。

母亲看见我，永远没有好脸色，同时一家人都觉得我这孺子真不足教，亲戚们都觉得我是个笨货；而我呢，因为众人的无情，也不愿见他们，每天除了被关在那间牢狱里的大半天外，我只是一个人溜到花园里，和枝头的鸟儿，土里的虫儿为伍。

我这么一个笨得出了名的小厌物，在这家庭中就连个婢女都不如，可是我也不管那些，每天依然是任着性要念书就念，不念——就是挨了打还是不念，有一次我这个笨孩子，居然使得这个家庭里的人大大的惊奇了，那又是一件什么故事呢？

有一天我姨母照例的教我书，教完以后，她不知忙些什么，匆匆的走了，竟把她的一只表，忘记拿去，这可是对于我绝大的恩惠，我拿起这只表，先细细把玩它的表面，这不能满足我的好奇心，于是把盖子弄开了，把内部的机器，一件一件的拆下来摆满了一书桌，各式各种的机器真有趣，我独自开了一个小小的五金行，细细的赏鉴了，后来我恐怕姨母要来责罚我，因此慢慢仍旧照这些机件的原样安置好，除了拗断了法条外，一切都如原来一样，我依然把表放在原来的地方。吃饭的时候，姨母果然想起，便急急的来找。这时我当然怀着鬼胎，一声不响的静待发作，可是真巧，姨母拿起表便走了，她居然没有看出破绽来，我很高兴的跑去吃饭。下午我正在院子里玩，忽听姨母在屋里说："唉，奇怪，我这表怎么开来开去开不满呀，莫非法条断了吧，这可是怪事，早晨还走得好好的呀！"

我小小的心，怦怦的跳着，不知怎么办才好，因想快躲起来吧，我不管一切的跑到花园里去，躲在那座假山洞里。过了一刻果然听见有人高声叫我呢，我细听听，认得是我二哥哥的声音，我再不敢答应，心想一定他们已发见我的秘密了。后来哥哥叫了一阵，见没有人答应，便又退出花园去，我觑着他已走远了，才松了一口气。

渐渐的夜幕垂了下来，园子里冷清清，几阵风拂过树林，发出沙沙的响声，我小小的心镇静不得，纵是要挨打，也只好任命了，无论如何，这个地方再不能留下去，一溜烟跑出园子，刚进了院子，只见妹妹大声叫道"妈妈，姐姐在这里呢！"我想不好了，正预备再逃，已被母亲一把拖住了，先不问情由，搥了我几下，然后拖我到屋里，姨母也来了，起初她们问我表是不是我弄坏的，我不说是也不说不是，只瞪着眼，怔望着她们，后来母亲说若再不说话，要拿针来缝我的嘴，叫我永远不得说话，我被逼得没办法，只好承认了，并把我怎样拆，又怎样装的事实，告诉他们，母亲怒狠狠的骂道："正经读书教死也不会，倒有这种鬼本事，毁坏东西。今天非要把她关在黑屋子里，饿她一天，看她以后还这样坏不？"母亲说完果然把我关到一间小黑屋里去，那里头，堆着一些破椅子，煤炭一类的杂东西，一股潮湿的臭气，实在难闻，但是一个无抵抗能力弱小的我，也只能忍受了。

在这种虐待下，我除了哭，竟想不出别的办法，同时我对于生命，开始了厌恶，在我小小的心灵中，虽然没有自杀的清楚意识，不过我也模糊的觉得，假使死了，也许比这活着快乐吧。我觉得家里所有的人，都是可恨的，便是那个小妹妹，她也是可恨的，虽然有时妈妈打我的时候，她也会抱着妈妈的腿哭，可是她也常在妈妈面前告发我，一举一动都失掉了自由。

我一直坐在柴堆上，肚子又饿，心里又气闷，后来不知怎么哭来哭去竟哭得睡着了，我倒在柴上，像一只落难的小鸡，大约是表姐们看不过意了，央求了妈妈，才把我放了出来，从此以后我更变成怯老鼠，一见人就逃开。

又过了两年，我已经九岁了，母亲永远对我是冰霜满面的，她是从心里憎厌了我，而我也真怕了她，夜里和女仆同睡在一个肮脏的房里，白天呢，就躲在花园里，这时我的心，没有爱，没有希望，只有怨恨。

每逢舅舅家里有什么喜事，或者请客，母亲总把我锁在另外的一个院子里，不许我出来见人，说我这种不要好的嘴脸，会使她们丢脸，而哥哥妹妹们打扮得像小天使般的，在人群里飞翔，我起初为了这事很伤心，但后来也惯了，随他们怎么摆布，我都处之漠然，因此下流、愚笨，这时便成了我人格整个的象征了。

在我九岁的下半年，我舅母因为在妇婴医院看病，打听到医院对面，有一所教会学校，学费便宜，而且可以住堂，每年只有年假和暑假可以回家——如果我肯信教，便连学费都可以省了，每年只要缴十二元大洋，住吃读书便都有了，母亲便决定送我到那里去。

在暑假后的一天，我的舅母同我的表兄两个人，便送我到那所教会学校去。在我这时的生命中，我从不知什么是快乐，而且我对于家庭的环境，已经够憎厌了，所以这所陌生的教会学校，对于我除了阴沉的感觉外，别的什么都没有。

这所教会学校，建筑是很考究的，一进门便看见一片广大的草坪，上面铺着翠碧的青草毡，也有花畦，正盛开着各色的花朵儿，这些花朵在我生命中，刻了很深的印象，直到现在还能清楚的回忆到。经过草坪，来到一所庄严冷森的楼房前，上了五六层石级，便到了校长的公事房，那是一间小小整齐的办公室，所谓校长也者，是一位头发已经斑白了的美国妇人，——这是我第一次看见高鼻子，蓝眼睛的外国人，我对于这种人，心里任何印象都没有，不过我看了这位美国女人，又庄严又神秘的脸，我小小的心又禁不住在跳动了。

我舅母把我领到她的面前，说道："朱太太，这是我的外甥女，她是一个没有父亲的可怜女孩，所以我想送她到这里来读书。”那位朱太太，拉着我的手端详了一会问道：“她信道理吗？”

“哦，她现在不信道理，不过她是会相信的。”舅母这样说。

“好，她现在几岁了？”朱太太问。

我舅母踌躇了一下问道：“这里顶小的学生几岁？”

“十岁！”朱太太说：“她的年龄恐怕不到十岁吧？”

“不，她的身材长得小，实在她已经十一岁了。”舅母随机应变的回答了。

朱太太很诧异的看着我道：“呀，已经十一岁了吗？”我被她这样一问，就想告诉她我只有九岁，但是舅母底［低］声用福建话阻住我不许说，我只好随着她道：“是十一岁。”

朱太太举出一张纸，把我的名字，年岁都写好了，沈吟了一下又对我舅母说道：“如果你们愿意把她送在我这里读书，一切的事情都要依照我们的规矩，比如说‘信道理，守规则’，……每年只能年暑假回家，平常是不许出学校的……还有她将来的婚姻问题，也由我们替她主张。”

我舅母想了一想说道：“别的事都可以照办，只是婚姻问题我须得回去问问她的母亲。”

“那么也好，不过她现在还不能算是教会里的人，每年应出三十六块钱的学膳费，请你把这张志愿书带回去给她家里的人看，如果能一切都照我们的意思办呢，那么就算是正式的学生，不然只能算是在这里附读。”

“很好，我明天再来回话，……她今天就在这里吗？”

“这随你们的便，就在这里，或者明天再来，都一样。”朱太太说。

“那就让她在这里吧！”舅母说完，又回头对我说：“你好好在这里读书，一切事都要听朱太太的话，”又指着一口小竹箱道：“那里面是你的衣服，此外还有两块钱，你留着零用。”她说完便把两块亮光光的钱递在我手里，这两块钱竟提起我的兴趣来，在我这小生命里，这是第一次有两块整洋钱，——当然并不是我家里穷得连两块整洋钱都没有，不过我这个小厌物，母亲从来不肯给我这些钱的。

舅母和表兄都走了，我孤另另的站在朱太太的办公室里，起先玩着洋钱，还不觉得怎样，后来玩厌了，才晓得我现在是来一个生疏得可怕的地方，心里又是恐惧，又是寂寞，眼泪便禁不住流了下来。朱太太看着我哭得可怜，便柔声说道：“哦，小孩子不要哭，这里很好，有许多朋友和你一同读书作事，玩耍。”朱太太说着便去按铃，不久进来一个中国妇人，约四十岁年纪，她恭敬的向朱太太问道：“朱太大叫我什么事？”

“你去叫一个大学生来，把这孩子交给他照应。”那妇人答应着开门出去，朱太太低头不知在写什么呢，我站在窗子旁，看见草坪边上，种着许多蝴蝶兰，金钟罩，这时正盛开着，在微风里摇摆，四境静悄悄不闻声息，一股寂寞的陌生的情绪，使我怔住了。正在这时，忽听有人敲门的声音，朱太太扬起头来道：“进来！”门开了，进来一个十七八岁的女子，戴着银边的眼睛［镜］，向朱太太鞠躬道：“您叫我吗？”

“哦秦瑞玉！这个新来的小学生，你带她去安置了吧！”

秦瑞玉答应着走近我的旁边说道，“你跟我来。”她牵着我的手由朱太太办公室出来，经过一条颇长的甬道，又有一扇门，出了门便看见一所大院子直立着一排楼房，那是一座建筑得和寺院似的，不讲究的房子，而且这个院子虽很大，但没有一株树，也没有一些花草，我走了进去，竟莫明其妙的感到阴森空虚，再看那些学生们，身上都穿得非常破烂，有的土布衣服上，还补了补钉，而脸上的气色也是枯黄少生气，她们看见我，都围了上来，向秦瑞玉探问，后来知道我是新学生，没有这［什］么新闻，才慢慢的散去。秦瑞玉领我走进楼下的一间房子说道："你在这屋子里睡觉，一切的事情都要听我的话，我就是这屋子里的室长。"我听了这话怯老鼠似的低声答应着。举眼观察这房间空落落的只有一张大木榻，上面铺着竹席子，其余有一只嵌在墙里的大木柜，柜旁有一张白木小桌子，桌下放着一张方凳，也没有箱笼，也不知道被褥都藏在什么地方，这真有点神秘。后来我的衣箱和被褥，由那个中年妇人送来了，只见秦瑞玉，把那木榻的席子掀开，又掀起一块木板来，才看见那里面放着几床蓝色土布的被褥，她也把我的被褥放在里边，仍旧盖上木板，铺上席子。至于那个衣箱呢，她想了半天才把它放在木桌下面，我就觉得奇怪，怎么她们都没有箱子呢，当时胆小到底不敢问，过了几天才知道这些人，都是道地的无产阶级，她们所有的衣服，一块白的或蓝的土布包袱，已经够用了，所以我这只破旧的小箱子，到了这个地方，竟变成唯一尊贵的东西了。

这一所专门收容无产阶级者的学校，到处都显露着贫瘠的、阴黯的空气。据说这些学生，都是从各乡村贫寒的教友家里送来的，不但在这里可以不化钱读书吃饭住房子，同时便连暑假回家的来往路费都是学校供给——而学校当局唯一的目的，就是使这一群天真的孩子信教。他们是抱着宣传宗教的绝大信心，来吸收这些为了利益而信教的教徒，所谓耶稣的人格精神，究竟有几个人真正了解，该就难说了，同时呢，养成一群奴隶性的教徒，这些人毕业了，便分发到各乡村各教堂，再依样泡制，于是洋奴便一天多似一天了，——当时我虽没有这种感觉，不过现在想来，还不免要掷笔长叹呢！

我进了这所学校，精神上真受了不少异样的压迫，因为她们都欺侮我年纪小，不管我有多少力量，一铅桶水一定要逼着我从楼下提到楼上去。如果不照办的话，有的就说别在这里充小姐了，我们作得的事，你也应当作。有的就说你要不提上去我便告诉朱太太说你不听话，被她们逼得没法只好含泪提上去，谁知到底力量太小，不知怎么把左脚的筋拗了一下，从此那脚便痛得不能走，第二天到医院去看了，糊了一些药，依然止不住痛，——这时我虽只读了半年书，可是我居然读得很好，而且会写白话信了，当我从医院回来，我便给母亲写了一封信，我告诉她我在这里太苦，每天的老米饭，窝窝头，同不放油的老咸菜，我实在吃不下，而且现在又生了病，脚痛不能走路，希望她们接我回去。

这封信寄出去后，果然发生了效力，第一我母亲希奇的说，这孩子那么笨，怎么进了半年学校，便会写信了，想是别人替我写的，不过看了那歪来斜去的几个字，又像是我写的，她们不知是为了怜悯，还是好奇，星期六便到学校来看我。那时母亲身上穿得很讲究，舅母又带了许多东西来送给朱太太，希望她对我另眼看待，许多同学在接待室里看见了她们，大家便窃窃私议道："黄某家里并不是没钱，为什么她不吃小厨房里的饭，也跟着我们受罪呢？"有的又说："恐怕她不是那位太太亲生的女儿吧!”大家在窗外只顾谈论，不想已都被舅母听见了，觉得心里过不去，便对我母亲说：“我听她们说这里的饭有两种，一种好些，一种坏些，外甥女既是吃不下那坏的，你就让她吃好的吧。”母亲听了这话，便问我道：“吃好的，要多少钱?”

“一个月三块钱!”我说着，不知怎么竟忍不住哭起来了，母亲看了这可怜的样子，便应许让我吃小厨房的饭，从此对于吃饭问题是解决了，但是正走着厄运的我，真是不要希望，快乐之神，会降福于我的。

过了几天，我发见我的脚肿起来，到医院去看，医生说要开刀，又说我身体不好，也许会变成骨节痨，必得好好的保养，——幸喜这所医院，也是教会里开的，凡是这里的学生去看病都不要钱。我不久就搬到医院去住，这一住整整半年多，那脚也真怪，接连不断的肿烂，一个疮口才好了跟着又长出了第二个疮，一只脚面上，长了三个疮，简直不能走路，两胁下夹着两只拐，几乎成了一个残废人。

在医院里，不知吃了多少鱼肝油补血丸，才慢慢好起来，但是忽然间肺管又破裂了吐起血来，整整又养了半年，我简直被病痛磨折得没了生趣。

我病好的时候，正遇到学校里，因为“复兴会”每天要到礼拜堂作三次礼拜，我也被强迫的去了。她们跪在地板上，嘴里喃喃的礼［祈］祷着，忏悔着，有的放声痛哭着，简直像发了狂。我这时虽然也跟着她们跪下，可是我不信教，我也不祷告，只是睁着眼东望望西溜溜，正在这时候，那位校长朱太太，轻轻的来到我的身边也跪下，用着诚挚颤抖的声音劝我道：“亲爱的孩子，上帝来祝福你！”

我说“我不信上帝，我没有看见上帝在那里！”

“哦！亲爱的孩子，上帝正在你的左右，你不能用眼睛看见，但是他是无时刻离开你的，……譬如说我口袋里有一块手帕，你相信吗?”朱太太说。

“那我相信。”我说。

“好孩子，你信上帝，也应当像相信我袋里有手帕一样。”

这话，我仍然莫明其妙，朱太太见我不信，她便颤声祷告道：“主呵！你用你绝大的力量，使这个可怜的孩子皈依你吧，她在世界上受了许多痛苦，但是她不知道求你救她，她是你所迷失的一只小羊，主呵！你领导她，……”朱太太祷告得哭起来了。

唉！我那时弱小的心，是多么空虚，我的母亲不爱我，我的兄弟姊妹也都抛弃我，我的病痛磨折我，因此我为了这些而哭，我感动的哭，我这空虚的心，在这时便接受了上帝，我含泪对朱太太说：“我信了，我真的信了！”朱太太见我答应信教，她欢喜得流着眼泪，她又跪下替我祷告了半天，便领我到牧师那里登记，在复兴会完结了后，我便也成了教徒了。

宗教的信仰，解除我不少心灵上的痛苦，我每次遇到难过或惧怕的时候，我便虔诚的祷告，在这种心理作用中，我受惠不少，当暑假放学的时候，朱太太给了我许多印像的圣经上的故事，叫我回家，好好对家里人宣传，我也情愿的接受了。

我开始对哥哥们宣传，我说“上帝是这世界上的唯一救主，我们人类的始祖亚当夏娃她［赘字］犯了罪，被上帝逐出乐园，所以我们这些人生下来也都有罪，除了信耶稣，不能逃出地狱。”哥哥们听了这话，开始大笑，他们竟笑得先［前］仰后合，我呢，那时虽仅仅才十岁的孩子，并不胆怯，他们越笑，我越宣传得热烈，于是他们不仅用笑来对付了，还把那些圣经撕得粉碎，丢在痰盂里，并且鼓着掌高声说道：“什么耶稣救主！简直是一匹猪，一只狗！”他们一面说，一面哄堂大笑；我急得流眼泪，可是他们依然不睬。每到吃饭作祷告的时候，他们便围着我开玩笑，这个摸一下鼻子，那个扯一下耳朵，把我弄得没办法，此后只好偷偷的祷告。

真的，那时节我为了哥哥们的毁谤耶稣，流过非常痛心的泪呢，我常常偷着替他们祷告，这时我是不问所以然的虔信宗教——现在虽觉得是一件可笑的事，但也多谢宗教，不然我那童年的残破的心，必更加残破了！

暑假后我又回到那所学校里去，同时又带来了两个表妹——那也是一对可怜虫，没有父母，跟着伯伯过日子，而且一个又有肺病，在她们姊妹之间，也常是罩着阴霾的。

我们进了学校不到两个月，革命军就在武昌举义，那时家里人都逃到天津租界上来，直到后来校长朱太太不肯负责任时，我家里才派人接我们回去，我们这三个可怜虫坐在一辆骡车里，只见街上冷落无人行，有几株白杨树上，挂着没有头的尸身，地上也是横七竖八的躺着死尸，用席子盖着，我们不敢睁眼看，都蜷作一圈，幸喜他们不知什么地方弄了一个护照，所以没有人为难我们，好容易回到家里，到处都是空洞洞的，只有一个表兄，和听差在看家。我们觉得母亲们太残忍了，竟这样抛下我们，自己逃难去，想到这里，那桌上摆着的饭，我们简直吃不下了，我倚在一根柱子旁边哭，和我同岁的那个表妹呢，伏在风琴上呜咽，那个只有九岁半的表妹，她看见我们哭，她便也端着饭碗流泪。

我们三人哭了一顿，到底忍不住肚子饿，经表兄一劝，也都不哭去吃饭了。

晚上我们三个人，睡在一张大床上，半夜里听见狗叫，和隐隐的排枪声，表兄不敢睡了，进来把我们从梦中叫醒，都躲到土窖里去——这是他们最近掘的，预备躲枪炮的。

这样耽惊受怕的过了三天，才也到天津去。在天津住了半年，清帝退位，民国成立，我们全家又回到北京，母亲的意思还要送我们到那教会学校去。我对于那学校死气沈沈的生活，和那些洋人高压的气焰，我实在不愿再忍受了，但我又不敢说不去。那时我大哥哥已由福建回来了，他对于我还好，我便同他商量，他允许替我帮忙，悄悄的教我作文章，——这是我第一次开始作短文，作了几篇之后，就大胆的去考高等小学，如天之福，我居然考上了。母亲因为大哥的恳请，看见我考上了高小，所以也就不坚持她的主张，从此我就在高小读书，读了一学期，我拚命的用功，竟大大的进步了。母亲和亲戚们都觉得奇怪，认为我整个的换了一个人格，从前笨小鸭的我，现在居然有聪明之誉了。我受了这些奖励，更加起劲，一天到晚不肯歇息的读书作短文，大哥哥也真肯给我改。年假后这个小学，打算扩充，开办一班师范预科，我听了这个消息，就同大哥商量，打算去试考，如果能取上，不但有官费，而且更使母亲她们想不到的惊奇，可是我不敢相信自己，因此又只得悄悄改了名字去考，除了大哥哥不给任何人知道——那里晓得居然又考上了，回来我自己喜欢得还以为是作梦，家里的人也以为我在说谎，直到我搬进学校去住，她们才点头叹道：“想不到这孩子，竟有出息！”

因为我自己奋斗的结果，到底打破了我童年的厄运，但这时候我已经十二三岁了，可贵的童年已成过去，我再也无法使这不快乐的童年，变成快乐，直到现在回忆到童年，我仍不能不惘怅满怀呀！

中学时代

我十三岁的时候，考进女子师范学校，读了五年，这五年中我的生活也有许多值得写的：

第一我变了童年时的拗傲孤独的坏脾气，大约是环境的关系吧，在学校里，我们是最低的一班，而我又是这班中最小的一个，不但岁数小，身材也小，因之我处处被优待，——这时候的教育正是极力模仿日本的时代，学制上，学校设备上，甚至学生的装饰上也都仿效日本，所以一切的学生，都梳着高棚式的日本头，——我认是最难看的一种装饰，穿着墨绿色爱国布的衣裙，这种布新的时候还罢了，如下过两次水后，便变成将枯萎的菜叶的颜色，穿得每一个人都像从坟墓里挖出来的一样。我当时因为太小，不会梳头，就是倩人代梳，而那几根半长不短的头发，也实在梳不上去。后来学监和校长商议的结果，特别开恩，准许我仍梳两条辫子，可是绿布衣裙却非穿不可，这一来更把我打扮得三分不像人了。这虽是一件小事，但当时在我的精神上，实在感到压迫，每次走到整容镜前，我看了自己这种怪模怪样，有时竟伤心得哭了。此外学校里的规矩太严，不许这样，不准那样，我处身在这动辄得咎的环境中，简直比进牢狱还难过，每逢星期六放假回家去，就像罪人被赦般的欢喜，出了学校，觉得太阳都特别亮些，从前我是很不喜欢家庭的，这时候却完全变了，一方面固然是我妈妈待我好些，一方面也是因为学校压迫太狠了，先生们责备起人来，都是不许问所以然的，否则便要罪上加罪。

在家里像没有笼头的马般，高兴了一天，时光拼命的向前跑，星期六的下午，和星期日的上午，似乎在一霎眼间，就过去了，星期日下午四点钟以前，必定要回学校去，只在午饭吃完，我的心就开始紧张起来，“多么可怕的学校生活呀!”我心里总响着这种声音，我只希望我生病，便可借故躲一躲了。

学校里虽然到处布着罗网，可是我们仍然要偷偷摸摸的闯祸，因为无论如何，学监只有两三个，她们总有看不到的时候，我们就藉着这个机会捣乱，调皮，——现在想想都是太没意义的事情，可是在孩子们的心里，都是一种绝大的欢喜，因为只有这时候她们是表现了个性，她们才领受了自由的快乐。

这时候我有五个朋友，年龄都相差不多，一天我们读历史，听先生讲到明季的六君子，我们竟大高兴起来，下了课，就躲到学校里去商量，把六个人的名字，按岁数月份的大小排起，此后便自命为六君子，同班的同学们，最初是讥笑似的叫着，日久叫惯了，我们居然成了大名鼎鼎的六君子了，不但是我们一班里的六君子，而且是全学校的六君子了。

自从结成了这个小团体，我们调皮的花样更多了，最使人奈何我们不得的便是大笑，不论遇到那个同学，只要她们的举动上，面孔上，衣服上，有一些不平常的样子，我们就开始大笑，一个笑声接着一个，嘻嘻哈哈有时竟笑到半点钟还不歇，竟把那个人笑得要下泪才罢，因此人们见了我们六君子，都不禁要绉眉头，可是她们也不敢轻看我们，自然我们的团结力，可以吓倒她们，同时呢，我们虽然一天到晚的玩，但都有些小聪明，所以考起来，成绩都在中等以上。有时我们看见那些年龄大些的同学，拿着书拚命的读，我们就使捉狭，不是抢掉她的书，就是围着她嘻嘻哈哈的笑。

我们这几个捣乱份子，竟使这个死气沉沉的学校，有了生气，我们不怒不叹气，永远只是笑——大笑狂笑，笑得人哭不得喜不得，就是先生们，也拿我们没办法，我们并不曾犯校规，"难道我们笑也算犯罪吗?"学监只得罢了，同学们虽恨我们，可是又觉得我们是一群天真烂漫的孩子，并没有坏心肠，所以有几个还是喜欢招揽我们。

在中学一二年级的时候，就是这样快乐过去了，所以这个时期不但是我的年龄上的黄金时代，也是生活上的黄金时代。可惜好景不常，这个黄金时代仅仅只有三年，到了我十六岁的那一年，在我们六君子之间，发生了许多不幸的事情，尤其是我——因为这时候我认识了一位新同学叫作王岫岚的，她是一个高身材的女子，两颊长着横肉，她有着可怕的笑的姿势，——她们都告诉我她的是笑里藏刀的笑，不过我那时毫不把这些事放在心上，管她怎样，只要她和我好，我便也和她好，那里晓得自从我同她作了朋友以后，我们六君子中的五君子都和我淡了，有时还一群一堆的窃窃的议论我，作许多怪难看的脸子给我看，我莫明其妙，可是心也不能不跳，渐渐的情形更不对了，她们冷言冷语，骂了我许多话，跟着我又接到一封名叫王汉生，素不相识的男子的来信，信上写着许多肉麻的话，又约我星期六到先农坛的树林里见面，这一来可把我吓昏了，我便把这信给王岫岚看，她便说道："这个人是我的亲戚，他很仰慕你，所以才写这封信给你，我想你就和他交交朋友也没有关系呀！"我听了这话，心里很不以为然，因为在那时候，一个女子，和一个男人交朋友，那简直是自己找着送死，不但学校知道了要开除，就是家里知道了，也以为你作了见不得人的事，不处死，也要软禁起来的，所以我没有接受那个王岫岚的话，星期六回到家里，哭哭啼啼把信给哥哥们看了，他们幸好并没有怀疑我，这才放了心。到学校里，王岫岚屡次的引诱我，又叫我到她家里去玩，我这时也有点疑心她不是个好人，想到她家里去探探虚实，因此便答应她，到了她家一所不整齐的破屋子，一看就知道不是上等人物，我坐了一坐就要走，她又带我到她干妈家去玩，那屋子比较好多了，但是那里面住着的人，除了一个四十多岁的妇人外，都是些年轻的女子，而且打扮得不三不四的，我虽然年纪小，但心里有点怕，总觉得这地方不妥当，所以便忙忙告辞回去。

自从这一天后，同学们对于我态度更不好了；我独自躲在寝室里哭，我立志再不同王岫岚往来，这样过了几天，那五君子的一个，她看看我太可怜，便悄悄的叫我去告诉我说："王岫岚的干妈是开咸肉庄的，王岫岚也不是什么好东西，并且她在背后说你要同她的亲戚王某人结婚，……我们因此都不理你了。"我听了这话才如梦初醒，想想自己原来处在这样危险的境地，禁不住伤心大哭，后来她们都知道我冤枉，才又同我和好，在这学期末果然听见王岫岚被开除的话。

自从我遇到这件事后，在我天真的心里，不免有了一些暗影，我不像从前爱笑了，而且在我家庭方面，母亲觉得我已经是十七八岁的人了，眼看中学就快毕业了，也应当想到我的终身大事，有时便同哥哥们谈起，哥哥有几个朋友，母亲很想在其中选择一个女婿。而我这时对于结婚，没有深切的观念，而且有点怕结婚，觉得这是一件太神秘的事，所以我看见母亲们越急于这个问题，我便越扫兴。

同时，我发现了看小说的趣味，每天除了应付功课外，所有的时间，全用在看小说上，所以我这时候看的小说真多，中国几本出名的小说当然看了，就是林译的三百多种小说，我也都看过了，后来连弹词，如《笔生花》，《来生福》一类的东西，也搜罗尽尽，因此我便得了一个小说迷的绰号，便连家里的人也知道我爱看小说，就因看小说，我又无端惹起了风波。

这时候我母亲和姨母住在一所房子里，姨母有一个亲戚某君，新从东三省来，只有三十岁。他本来在日本读书，后来他父亲在黑龙江病重，喊他回来，他从日本回来不久，他父亲便作古了，因此他不能再到日本去读书，想在北京找些事作，所以投奔了姨母家来。我同他见过几次，偶尔也谈过几句话，他晓得我欢喜看小说，便把他新买来的一本《玉梨魂》借给我看，——这里面所描写的事实，是一个多情而薄命的女郎的遭遇，情节非常悲婉，我看了竟淌了不少的眼泪，后来我把书还给他时，大约那上面还有斑斑泪痕吧，因此他便从我妹妹那里探听，我看了这书是否哭过，妹妹便说“怎么没有哭……还有一天连饭都不曾吃呢。”他听了这话，也许是觉得我心肠软，多半总是个多情人了，因此便写了一封信给我，那信里委婉的述说着他平生不幸的遭际，他是一个有志的青年，但幼年死了母亲，……跟着父亲过着寂寞的生活，现在他连父亲也死了，弄得自己成了一个天涯畸零人，就想读书也无人供给学费等等。幼小无知的我，那时节为了同情他，真流过不少的眼泪，所以我们渐渐亲密起来，不过我却不曾想到和他结婚的问题，——因为那时对于结婚，莫明其妙的憎恶和恐惧，当真的曾打算独身，不过他却极力的向我要求，同时又请人向我母亲说，母亲觉得他太没有深造了，一个中学生将来能作什么事呢，所以便拒绝了他，并且又因为我哥哥另外正进行着别一方面的事，因此他简直是失败了，于是他写了一封非常悲哀的信给我，我看了之后，不免激起一腔义愤来，我觉得母亲们太小看人了：他又怎么见得一辈子不会发迹呢？我这样一想，觉得我有挺身仗义反对母亲哥哥的必要，我也写了一封信给母亲说，“我情愿嫁给他，将来命运如何，我都愿承受。”母亲和哥哥深知我是个拗傲人，无可奈何只得由我去，不过他们有一个条件，他非在大学毕业，我们不能举行婚礼。他当时接受了这条件，并且正式签了字，可是求学的经费大成问题，这使我们为难了很久，后来亲戚看见我意志这样坚强，倒不知不觉动了同情心，由一个亲戚拿出两千块钱来，放在银行里，作为某君大学的费用，我们便订了婚。

在这事件发生一年后，我在中学毕业了，我仅仅只有十八岁，——这时候，没有女子大学，别的大学也不开放女禁，所以我的出路很少，同时又因为哥哥在外国读书，家里的用款，已经动了本钱，母亲很希望我能找点钱，帮助家庭。

于是我结束了我中学生的生活，我开始在十字路口彷徨。

第一次的教员生活

不知母亲同表哥们怎么样活动来的，我这么一个中学才毕业的十八岁的女孩儿，竟居然作了某女子中学的教员，真惭愧我能教什么呢，国文连封信都写不通，英文程度更浅得可笑，当他们欢喜的报告我，“你的事情成功了!”我反吓了一跳，这么一个丑小鸭，竟教我在大庭广众之中，充什么先知先觉，后来我见过校长，他是一个将至五十岁的老头子，一付酒糟鼻子，最使我起不快之感，他说请我当体操教员兼教几点钟家事园艺，——教体操我虽也勉强，不过要要棍棒操操亚铃球杆，我都还学过，回家去悄悄的练习练习，也将就应付得过，至于教家事园艺，这简直是开玩笑，我又懂得什么家事，便连父族母党的称呼我都弄不清，别的更可想而知了，说到园艺，就是种花莳种，怎样布置庭园的这些常识我那里有，就到现在我也拿它没办法呀，可是为了母亲的意思，我不得不接受了聘书。

到了学校里我第一先要看看校长的办公室，那真滑稽，是那么一间杂乱无章的房子，案上也没有公文函件，只堆了许多学生的大小字，——后来一打听，原来这位校长会写字，所以全校的习字都由他教，至于学校的公文呢，倒完全交给一个文牍去办，他闲了便满院子里走来走去，在那些中学生的堆中挤。

再走到训育主任的房里呢，看见那位主任先生，正在绣花，大声的和娘姨谈天呢，我起先还以为是认错了，——你想一个四十多岁的旗装妇人，满脸脂粉，满肚皮脂肪的俗物，——怎么会是堂堂女子中学的训育主任呢，不过校长明明是这样介绍的呀。也许是我知识浅经验少吧，我这样想着也就相安无事了。

到了操场里，我上体操课，——幸喜我学的是师范，在第四年级时，我曾实地练习过，所以脸皮还不薄，拉长了声音喊着“立定”，“稍息”，“向右看齐”一类的口号，当时自己觉得颇神气呢，就像军队中的指挥官，趾高气扬的命令着，但是那些学生，身材多半都比我高，就论年龄也有比我大的，当他们排队走过我前面时，我便不免自惭形秽起来。

那虽然心里只管内愧，可是在面子上，我却像煞有介事，在第二年的春天，我和校长商量好，要开一个春季运动会，于是我每天的替他们练习赛跑，跳远，这些硬工夫还好对付，只要学生不断的练习就可以了。最使我为难的，要教她们跳团体舞，那个时节的跳舞，我虽也学过一些，但都是杜撰的，既不是水手舞更不是什么土蜂舞，只不过从梅兰芳那里学来的一些散花舞更参照着一些西洋的步伐，总而言之，我费了一个星期的工夫才编出这一套中西合璧的花圈舞：每一个学生手里举着花圈按着一二三四的琴拍，上下左右的舞了一阵。

这个滑稽的运动会开过了，校长似乎还很满意，因为不论如何，我总替他的学校出了风头。可是我还不曾高兴几天，学生方面又发生了问题，三年级有几个学生，对于我的教书，有点不满意，她们说我念别了字，又是园艺也讲不清楚，这个消息传到我耳朵里，我真是如坐针毡，本来我自己就不愿意来教书，现在可出了丑，怎么还能装聋作哑的混下去呢，所以在春假完结时，我不得母亲的同意，就悄悄的辞了职。

辞职虽然很轻便，可是我却没有胆子，回家去吃白饭，正好这时候，我有一个朋友，在安庆当小学校长，她有信约我去帮忙，我想中学教不了，小学总可以了吧，所以连忙写快信去答应了。在我一切行装都预备好了，我才回家报告母亲我辞职的经过，并请她原谅我的不得已，母亲听了我的话，怔怔的望着我道："你的哥哥们都还不曾毕业，家里用钱的地方又多，我愿你帮我两年，谁知你到底拗傲成性，一点都不能忍耐。"我受了母亲的责备也无话可答，后来我允许母亲到安庆每月仍寄钱回来，母亲仍然不高兴的叹了一口气道："随你去罢！"当夜我在家里吃过晚饭，便携了一肩行李，只身孤影的走上征途。母亲因为不放心，请表兄送我上火车，到火车站，我匆匆的买好车票，心雄万夫似的跳上车子，当车轮蠕蠕而动，我和表哥告别时，在我心头没有离愁，没有别绪，只有一股洒然的情绪，充塞着我的灵宫。我觉得这十余年时如笼中鸟般的生活，我实在厌倦了，时时我希望着离家，去过漂流的生活，因为不如此，似乎无以发泄我平生抱负，——我虽是一个女孩儿，但在这时节，我的心肠没有温柔的情感，我羡慕飞仙剑侠，有时也希望作高人隐士，所以这一次离家，我是充满了欢喜骄傲。好像一只羽毛已经长成的鸟儿，从此天涯海角任我飞翔。

到了安庆时，我的朋友接我暂到她家去住。第二天才送我到学校去，——这是一座省立模范小学，已经办了两年了，据说我的朋友办学还认真，成绩很好。我在这里仍然担任体操，和国文习字历史地理等科，这当然我是应付得来的，不但小学的课程老底浅，况且我又有了一学期的教学经验，同时又碰过钉子，所以对于预备功课，不敢妈［马］虎，所以我在这里教书的成绩不算坏，有许多学生直到现在提到她们过去的先生黄某人，都心悦诚服的赞叹着呢。

不过在那时候，我的心是浮动的，无论到了什么地方，我都不能平清［静］的久住下去，看命的人说我正走驿马运，所以要东奔西跑，我自己虽然不信命相，不过欢喜跑，我是不否认的。所以在安庆住了半年，我又感到这里的生活无趣，就又携着箱箧回北京去。

这时候恰巧河南女师范要请教员，我就去见我母校的校长，请他荐我去，他答应了，过了几天他叫我到学校去，又介绍我一个同去的同学。——那人姓杨，比我低一班毕业的，我们把一切的手续都办好了，那位校长又替我们开了一个送别会，在会席上，他勉励我们不少的话，当时我们觉得那情形果然严重，真像自己是个了不得的人物，此去前途必大有作为。那里晓得，到了河南时，为了环境的腐败，积年的流弊，改无可改，那些学生因为我们的言论比较激烈，认为我们是名教的反叛，是一个可怕的危险物，而那些旧教员，又怕我们占了势力去，所以便怂恿学生们在讲堂上问难我们，把些癖典怪字，拿来考我们，员生从此日子就太难过了，每逢上一点钟课，就好像站了一点钟的站笼，真够受罪了。但既已接了聘书又不好撂下就走，同时自己也不服气，又怕别人讥笑，所以只好一天挨一天，好容易杨柳绿了，桃花开了，渐渐的花落叶茂，天气蒸热，暑假到了！我们如同被赦的罪囚，欢天喜地的跳出牢笼，在京汉路上，高歌激云，庆祝我们得以回来。

回来是回来了，暑假以后又怎么办呢？一度一度的流年，这样等闲过去，渐渐有点知道愁滋味了，而且母亲又时时在责备我，说我没有长性，表姊妹们又给我起了一个绰号叫—学期先生。

大学时代

唉！厌倦，厌倦，一切都使我厌倦，但更厌倦的是教员生活，在这时期，我有点想着嫁了罢，免得受许多苦，但是某君大学还不曾毕业，所以只得罢了，只好再另找出路，当然母亲还是要我去教书，我呢，受了这一年多的折磨，我深切的了解我的学问不够，我只能再读书，不能再教书了。正巧这时候北京女高师招收学生，我就打算去考，不过母亲极力反对，她说“一个女孩子，已经中学毕业，就很够了，还要读书，作什么？而且我现在也没闲钱来供给你，你自己去细想想吧！”

我碰了这个大钉子后，心里非常难过，我记得为这事，我曾躲在房里哭过几天；我也想不管母亲应许不应许，我偏去考，她又拿我怎么样，不过学费呢，保证金呢，我到那里去拿！虽然我作一年多的教员，可是我除了给母亲一部份的钱外，其余的也早用完了，现在我是阮囊羞涩，而天下事，没有钱是最没办法的。因此我便写信给我安庆的朋友，她就劝我再作半年事，自己积些钱作为学费及保证金，如再不够呢，她也可以帮我一些，我觉得这办法很好，所以在暑假后又到安庆去，在那里教了半年，省下两百块钱，又是回北京，而女高师已过了考期，幸喜我是本校的初级师范毕业生，里面还有几位熟教员，通融的结果，才许我考，我要想插进第一届的文科去，她们已经读了两年了，现在算是本科二年级。起初校规不许招插班生，只准暂作旁听生，以后看成绩再从新分派，我无法，便以傍听生的资格，交了二十块钱的保证金，和膳宿费——傍听生有膳宿费，正科生全免——搬到学堂里去住。

这个时代的我，因受了一年多的社会磨练，从前那些不知天高地厚的轻狂脾气，完全改了，处处只感觉得自己不如人，所以当我进学校时，看见那些旧学生，趾高气扬的神气，简直吓倒了，并且我们这一班的同学，又是由各省师范毕业生，或小学教员里选拔出来的，中文都很有根底，所以我更觉得自惭形秽了。记得第一次上作文课时，先生出了一个题目是《礼记·内则》中的时而后言论"。什么《礼记》，我简直连看都不曾看过，因为我在中学时代所读的只是一些唐宋八大家的古文选，"四书五经"中也只读过《诗经》同《孟子》，这个题目已经弄得我莫明其妙，想问问同学吧，又怕被她们笑了去，所以只好自己悄悄跑到图书馆去，找出《礼记》原文，看了，又细细的读了注解，心里才有点明白，花了一天的工夫，才把这篇文章作好，勉勉强强写了一千多字，然而再也不敢交到先生那里去，怕先生骂我不通，因此我就打听一个旧学生，我说："国文教员他喜欢那一类的文章？"

"嘿，"那位旧学生装腔作势的说道："你不知道，我们这位先生，书读万卷，渊博得很呢，所以我们作起文章来，每句都是有典故的，他就喜欢言之有物的文章。"

嗳哟！她的这一大串话，真是把我吓矮了半截，什么典故，我满肚搜罗，也搜不出几个典故来，而况每一句话都要用典故，这我那里作得出来。我当时虽然这么想，但我嘴里到底不好意思说出真话来，只唯唯诺诺的离开那位旧学生，我又跑到自修室里，把我自己的文章拿出来看了一遍，数来数去，通篇仅仅用了两个典故，我想再加上几个吧，但是可怜贫穷的脑子，到底想不起来。……唉，事到如今，我只后悔小时不曾多记几个典故了。

同学们的文章都交了卷，我还只挨着不交，但是丑媳妇终须见大婆，不交不行，还是老着脸皮交了吧，自从交卷以后，我是一直提心吊胆，不知道先生看了我这无典故的文章，要怎样开发呢。

一天又一天的过去，作文的时节又到了，那位老先生抱着一垒［叠］改好的作文簿子，一本一本的发还我们，我的心怦怦的跳着接了卷子，打开来一看眉批上面写了一个“选”字，我不知道什么意思，暂且不管，掀开最后的批语一看，只见上面批写着“立意用语别具心裁，非好学深思者不办，”这一个改语在现在看起来，也就平常得很，而那时节，却大大不然，我竟喜欢得手舞足蹈起来，同学们见了我的样子，也都围了上来，要看我的文章，我究竟不好意思，连忙收了起来，正在这时候，只听那位老先生说，“你们都坐好，……前些时候我们不是打算出一本《文艺观摩录》吗？有许多文章可以选进去，所以凡上面有‘选’字的，请你们另纸腾［誊］清，将来收集齐了，就可以付印。”我听了这话，心里更觉得高兴，想不到我的文章也有被选的资格，从此以后，我的气焰日高，再不肯受她们的愚弄，而且那些旧学生，反到很看重我们，——这个学期的插班生，只有我同苏雪林两人，第一学期我们是旁听生，在年假大考以后，因为我们的成绩列于最优等，所以立刻升作正班生。

在这个时期，我读书虽然算是很顺利，可是我的心境却很可悲，最大的原因，是为了母亲不赞成我进大学，所以不但学费不帮忙，还要时时的责备我，每当星期六回家去，总要流眼泪的，这样一来，竟弄得我“等是有家归不得”，眼看着那些同学们，兴高彩烈的提着箱箧，或包袱回家去，我的心更一剑一剑的被戳着，有些同学偏不知趣的追问我：“黄！你怎么不回家去?”

我苦笑着向她们撒谎，不是说“就回去!”便说“要在学堂里看书”。这些对于人生毫无深刻观察力的同学们，她们那里会看出我内心的苦衷呢！她们不关痛痒似的唯诺而去，白白的搅得我心乱如麻!

同学们一个一个走了，热闹的宿舍讲堂，校园，这时都变成墟墓般的寂静，冷清，在这种如寺院的环境中，现在所剩下的人，除了我以外，就是那几个家在外省，飘泊异地的游子罢了，——不过她们还不至像我那样伤心，仍是安静的料理一些琐事，或和朋友们出去买些零食，回来吃着谈笑。只有我，独坐在走廊的木栏杆上出神，有时看着云天过雁滴泪，唉，我开始体验那较深刻的人生，我常感觉得作人无趣。我喜欢读老庄的书，满心充塞了出尘之想，不过这些出尘的意识，究竟太浮浅，遇到高兴的事情时，仍然很起劲。

在我进大学的那一年，正是五四运动的时候，这当然是个大变化，各种新学说如雨后春笋般，勃然而兴，我对于这些新学说最感兴趣，每每买些新书来看，而同学之中十有九是对于这些新议论，都畏如洪水猛兽。我还记得，在我们每星期五晚上的讲演会上，有一个同学，竟大胆的讲恋爱自由，她是一个圆面孔，身材丰腴的女孩儿，当她站在讲台上，把她的讲题写在黑板上时，有些人竟惊得吐舌头，而我却暗暗的佩服她，后来她讲了许多理论上的恋爱自由，又提出了许多西洋的事实来证明，大家有窃窃私议的，有脸上露出鄙夷的表示的，也有的竟发出咄咄的怪声的，而那位同学，雪白的脸上，涨起了红潮，她是咬牙在忍受群众的压迫呢。散会后，我独去安慰她，同情她，而且鼓励她勇敢前进，这样一来，我也被众人认为新人物，时时被冷讽热骂，有几个更浅薄的同学，常常讥讽我，因为我不懂旧文学，所以只好极力学新的，——据她们的脑筋，以为新文学，是用不着学就会的，只有她们满肚皮的死四书五经，是我们这些不学无术的人望尘莫及，——当然我对于这种讥讽也只得承受，无论如何，我肚子里是没有典故的。

我这么个落落难与人合的一个怪人，可是她们只好心里看不起我，面子上她们倒也不敢怎么样，第一因为我心直口快，说话虽说不上尖利，但也不算笨，而且我平常作事，又是什么都不怕，要作什么就作什么，所以我虽是一个插班生，但进去了不久，便被举为学生会的干事。这个时候正是国家多事之秋，不久就有日本人在福州打死了人的事情，这些被压迫几千年，才得解放的民众，真如同发了狂的，今日这一个团体开会发宣言，那一个团体请愿，游行大示威，当然这是学生会的买卖到了，我整天为奔走国事忙乱着，——天安门开民众大会呀，总统府请愿呀，十字路口演讲呀，这些事我是头一遭经历，所以更觉得有兴趣，竟热心到饭都不吃，觉也不睡的干着。

而在百忙中，福建同乡会，为了本省切身的问题，联络各学校的福建同乡去开会，而我又被举为女师大福建同乡会的代表，到师大北大去开会。在那里我认识许多男学生，也可以说是我第一次同男人们合作，在开过几次会的结果，我又被举为大会的副主席，和一个刊物的编辑。

为了忙于工作，我更不大回家了，有一个星期六，我家里竟写信叫我回去，我正不解什么缘故，到家一问，才知道是那位和我订有婚约的某君，要和我谈谈结婚问题，——因为他这时大学已经毕业了，我当时那里有心肠结婚，便告诉他我也要等大学毕业了才结婚呢，当时他虽没有反对，不过他却劝了我许多话，觉得我一天到晚在外面奔走是可笑的，一个女人何必管那些事呢！这一次的谈话，他使我发现他思想的平庸，我心里很不高兴，当晚仍回学校来。

第二天我接到某君的信，虽然满纸温和的话，但是我觉得句句都使我刺心，我于是写了一封回信，痛言我自己对人生对社会的思想，和他所建议的那种庸常生活，正相反对，同时我又告诉他，我现在读安那其的无政府主义的书。这封信去后，他又给了我一封信，除了劝我不要太新，他又报告我他要去考高等文官，——我看了这信，心里更不高兴，我这时正痛恨官僚政客，而且他本来是学的工程方面的东西，一个工程师要想作文官，这简直太滑稽的可笑，从此我俩的意见一天一天相去越远，感情也日渐恶化。不过他是个忠厚老实人，始终对我极温和，诚挚，偏偏那时候的我，有一点古怪脾气，总觉得一个脾气太好的男人，不是我所需要的，我羡慕英雄，我服膺思想家，我感觉得和他结婚，我心里一定不快乐，解除婚约的一念，在我心里渐渐的滋长起来，因此我心情更黯淡了，常常背人垂泪。

这时候我有几个好朋友，她们和我年龄相仿，而且有一点相同，——都是志趣不凡，同时也都是喜欢玩笑，因此我们在许多同学中，另成了一个小团体，在一天上课的时候，我们四个人，悄悄的传着纸条子，不知怎么谈起战国时的四公子来，其中有一个人，便提议：我们恰巧是四个人，以后就自称四公子吧，她们便封我作孟尝君，其余三人，也各占一份。我们起了这个绰号以后，并给全班同学一个启事，后面署名是四公子同启，因此我们这个绰号，不久便传遍了全校，后来她们提起我们，总是说四公子了。

我们四个人，自从结了这个小团体以后，大家感情也日渐亲密，每每于课余之暇，各诉衷曲，这时四公子中，只有我一个人是订了婚，她们三个人，还是无主名花，所以她们对于我的事情，——尤其是同某君订婚的事情——更感到兴趣，时时探听我们间交往的经过。

有一天正是梅雨天气，窗外杨柳临风摇掩［曳］，她们三个人都在那里商量作一样的衣服，同时要征求我的同意，一回头看见我正怔坐在书案前，她们莫明其妙的都围拢来，追问我为什么发怔，我被她们一问，那眼泪更忍不住滴了下来，她们连忙拉我到操场去，一面劝慰我，一面仍在追问我，我便把我近来心头的忧郁告诉了她们，并且告诉她们，我想同某君解除婚约，我情愿独身，必等他结婚后，我再说。她们听了我这话，都觉得我神经太敏感了，并且又说当初你既那样看重他，不管家里的人反对，和他订了婚，怎么现在又解约，人家不要说你二三其德吗？我听了这话觉得她们固然有理，但是我一想到结婚后的平凡生活，要毁了我的一切时，我仍不能承受她们的劝告，我说从前我和他订婚时，我年纪还小，并不是对他有深切的了解，不过一股义情的作用，现在他因为我的原因，大学居然毕业了，以后前途正未可量，我这时和他解除婚约，并不是看不起他，只不过各人有各人的志愿，我不嫁他，是尊重我的志愿罢了，而且我同他的性情太不相合，纵使勉强结婚，彼此也只是痛苦罢了，所以还是解除了，彼此都好。她们听了这番话，也不好再劝我，于是我便写了封信给某君委婉的陈说解约的理由，并祝福他将来找一个和他志趣相同的人结婚，他最初不肯，并托亲戚和我解说，但经不起我执意不肯，他也只好答应了。我自从和他解除婚约后，我一直在耽心，幸喜没有多久，他已经同一个很有钱的小姐结了婚，我的心才放了下来。

在这时候，我整天的看书，研究社会问题，同时我因为作编辑，和几个男学生，时常有函札来往，渐渐的从泛泛的同事，变成朋友。不久闽案了结，同乡会因为种种关系，——多半是争权夺利吧，大家解体，其中有几个人，是声气相通的，于是分出来，另外又组织了一个秘密团体，叫作社会改良派，英文叫作 Social Reform，简称为 SR，一共有十五个人，每星期聚会一次，而地点都很秘密。我那时节，对于社会的经验既少，所看关于社会科学，和什么主义的书，又很少，所以虽然是 SR 团体中一个会员，但究竟没有什么主张，他们便时常送我些社会主义的书看，并常常和我通信讨论，因此我的思想真有一日千里的进步了，我了解一个人在社会上所负责任是那么大，从此我才决心要作一个社会的人。

在 SR 团体中，有两个青年和我特别亲密，其中的一个郭君，比较一切的人都深沈，旧文学很有根柢，他作了很多论文登在杂志上，时常寄给我看，因此我俩的感情认识也与日俱增了。不久我大学将毕业了，照学校的规则，在修业的最后半年，应当到各地去参观，我们全班商议的结果，想到日本去，而学校每日只肯津贴四十元，而核算起来，每人没有百元之款是不敷开销的，因此我们便商量着演新戏筹款。

新戏这时候，还是个萌芽，没有好剧本不用说，根本便连剧本也没有，而我们却是初生的犊儿不怕虎，竟胆敢自己创作剧本，——这事说来真好笑，不过也值得令人惊异，我们差不多都成了演剧的天才家，——怎么讲呢，我们自己创作的剧本，只有故事的架子和分幕，没有对话，就这样派好了人，这几个人把这故事记清楚了，便上台自己想对话。我记得那时候，我演的一出剧是《叶启瑞》——这故事大概有人还记得吧？就是一个大学生，在家乡已经娶了妻，后来在外面和一个女学生恋爱，便设法把家里的妻子害死了，那个女学生知道他这样没良心，便大骂他一顿，和他决裂了。——我便演那个女学生，在戏台下面我还不曾想好我要说些什么呢，而竟敢卖票，公演，偏偏女学生演戏是创举，所以来的人特别多，我们借的是教育部大礼堂作会场，第一天满座，第二三天便连窗户外都挤满了人。我好像作梦似的，演了三天，结果竟出于意料之外的成功，不但票价竟卖了三千元，而且报上还给了我们不少的好评，当时我们自然是得意的，不过现在回想起来，不免汗流浃背，中国枉称古文明国，无论什么东西，都是这样幼稚！

演过戏，我们有了钱，便办赴日的手续，我们四公子更是兴致勃勃，老早就先跑到天津去住在一个朋友家里，名义是参观天津的学校，实际呢，是大玩特玩，白天随便到一个学校里，走马看花似的参观一遍，回来后在天津的大街小巷，混逛一顿，晚上就到日本神坛里，睡在芳草地上说天讲地。那时候我的生活比较得快乐些，但另一方面呢，我不知什么时候又陷入情网了，同时其他三公子，也都为爱情所困搅着，这时我们大家都有点心事，所以快乐中不免含着眼泪。

到了日本，第一使我感觉得憎恶的，便是那木屐的繁响，和那些女人屈背弯腰的卑微样子。可是日本人的招待我们的殷勤，周到，真令人佩服，一看就知道是政治清明的国家，无论什么地方都表现着秩序井然，负责有人，不像我们中国只有人拿钱，争权利，而没有人作事，因此我们一面仇恨他们的凶狠，但一面不能不钦佩他们的力求上进的精神。

我们从横滨下船，没有停留，就坐火车到东京，住在一个协会里，休息了一夜，第二天就有日本招待团所供给的汽车五辆载我们到各学校各大公司去参观。在东京住了两个星期，所有的学校都参观了，同时有许多中国学生团体，开欢迎会招待我们，所以终日没有停息的时候，这时我的兴趣极好，每日作日记，预备将来汇成一本游记的。

我们离开东京后就坐火车到西京，——西京的一切都和东京不同——东京是动的，而西京是静的，——拿中国地方来说，东京有些像上海，而西京就像北京了。我觉得西京给我的印象最好，那里有皇宫故址，我们在黄昏时，漫步宫墙左近，但见满地杜鹃花，鲜艳夺目，至于街上也没有东京那样拥挤紧张，就是此地的人民，也比较平和冲淡些，在这里我们参观了帝国大学的医科，和附设的医院等。

除了参观学校，我们又到了德岛、日光等名胜地方玩了许久，德岛的山光水色至今还深印我的脑际，至于日光当然以华严泷为最出名的胜迹了。我们从日光的宿舍出发到华严泷是步行去的，其中有十余里的距离，所以到了华严泷时，大家都已筋疲力尽，但我同另外的三个同学，因为看了这三千尺的大瀑布，不禁叹为奇观，不肯即此而止，必欲穷其究极，所以我们不辞劳苦攀了软木梯到了瀑布的下面。我站在瀑布的前面，但见匹练自天而降，飞珠细沫，微溅衣襟，心胸不禁为之爽然，但同时也激起一些灵感，于是我在日记簿上写了一篇文章叫作《华严泷下》，曾在某刊物上发表，可惜我无底稿，现在这篇东西竟不知到那里去了。

玩过胜景，我们就乘船，渡海到朝鲜，参了萁［箕］子墓后，在青年会住了几天，有一个大连学生团体，请我们吃饭，在谈话中，他们隐隐露出许多朝鲜人亡国的苦痛，并希望我国能提携他们，早谋独立的意思，我听了这话，满心悲愤，几乎落下泪来，同学们也都黯然。

离了朝鲜，坐火车到奉天，奉天［赘词］在高师住了两天，也到处去参观，使我印象最深的，就是奉天人特别不讲卫生，蚊子，苍蝇，臭虫，到处都是，我记得在饭碗里曾发现三个苍蝇，因之我不敢下箸。

从奉天又到大连旅顺，那地方简直就是变相的日本，只有一两条唐人街，还依稀有点中国人特殊的风味，怪模怪样的中国小脚女人，时时点缀其间而已。

从大连回到天津，又转北平，这一个多月奔马似的生活，现在告了结束。回到学校，忙忙作毕业论文，拿了文凭，从此脱离学生生活，踏进社会，这些可歌可泣的青年生活，又成了历史上的成绩了。所以在毕业生聚餐的那一天，大家都是满面愁容，尤其是我更觉得难堪，因为别人至少还有些美丽的幻梦，——对于她们不曾经验的社会里，而我呢，是个中苦趣，已知二三，当然怀惧更深了。

但是时间是解决一切的，三年的大学生活，被无情的时间送去，此后的一切，也只有让时间来解决了。

著作生活

当我小的时候，已被冷酷的环境，压迫得成了一个木然无所动于中的人物，又因为家人都料定我是没出息的，所以美丽的幻梦，——我从不敢轻易沈溺，而且我也自信是个没出息的，不然为什么人人都会作的，我偏不会，人人都爱的，我偏不爱呢?

童年消逝了，我进了中学，那时候，虽然比较活泼多了，可是仍然和一切的孩子一般，一天到晚，玩玩笑笑，也从来没有作过任何梦想，读书呢也不感到兴味，只像向先生还债般，逼得紧，也念得勤，不然仍是作一天和尚撞一天钟，除了有一些灰色的阴影，掩映于心头外，什么都不觉得，也什么都不想到。直至中学将毕业那一年，我才开始看小说，开始了解小说的趣味——不过那时候还不曾有人谈过文艺，我更不知道小说也是文艺的一种，我只觉得这种书里满含着活泼的逼真的事实，这些事实可以解忧，可以消愁，可以给人以刺激，可以予人以希望，因此我放弃其他一切的书，专门看小说，在一年中我看了二百本左右的小说。不过我虽看了不少的小说，可是我还不敢妄想自己也写小说。

在我进大学的那一年，胡适先生极力提倡白话文，——同时胡先生又教我读《中国哲学史大纲》，在这个时期，我的思想进步的最快，所谓人生观也者，亦略具雏形，对于宇宙虽不能有什么新见解，至少知道想什么是宇宙，和宇宙间的种种现象，何以成，何以灭的种种哲学问题了。可是这个时期我也最苦闷，我常常觉得心里梗着一些什么东西，必得设法把它吐出来才痛快。后来读文学概论，文学史，里面讲到文艺的冲动，我觉得我正有这种冲动，于是我动念要写一本小说，但是写什么呢？对于题材，我简直想不出，最后决定还是写我自己的生活吧，但这种尝试的工作，越秘密越好，不然写不好，被人知道了笑话，因此我每每躲开他们，藏在图书馆的一个角落里，悄悄的写，过了几天，我把那写好的东西，自己读了一遍，觉得杂乱无章，心也懒了，把它藏在箱子里，——这一本没有结束的残稿，至今还不曾续好，前年我竟把它烧了，只在我创作生命上留一点忆记而已。

后来我读了几本短篇小说，我想到长篇小说结构穿插都不容易，还是去先学写短篇的罢，当时不记得取了一种什么题材，写了一篇短篇的，拿去请教文学教授陈某，——当然我的心是在紧张的跳动，我惟恐他决定我没有创作的天才，那我什么希望都完结了，这简直等于判定死刑待绞一般的难堪呢。当我战战兢兢把文章递在他手里时，我真觉得他有无上的权威，他把那小说妈妈［马马］虎虎看了一下，说道：“你也想作小说吗？这不是容易的事呢！你这篇东西就不像小说，我看还是不写吧！”我被他这当头一棒，打得我全身挛痉起来，我满脸羞愧的接过那稿子来撕了个粉碎。

为了这件事情，我难过了几天，但是我还想写，同时我又发现这位陈某他自己就没写过小说，他所知道的只是一些《经学通论》呵一类的陈旧东西，他有时就连客观与主观都分不清楚，这么一个人难道他也懂文学吗？我这么一想，于是胆又壮了起来，于是我经了几天的思索，写了一篇叫作《一个著作家》——现在收在《海滨故人》的集子里，——那时候正是沈雁冰先生在编《小说月报》，我由郑振铎君的介绍认识他，便把这稿子寄给他，——当然我没有敢希望一定可以刊登，所以心情也很紧张，直等了一个多月，我看见《小说月报》居然把它登了出来，这一喜，真正［似］于金榜题名时，从此我对于创作的兴趣浓厚了，对于创作的自信力也增加了。

但是那时候从事新文学创作的人，究竟太少，所以一般脑筋顽固的人们，对于我这种的努力，认为是可笑的，——在他们的脑筋里，只有长篇累牍东抄西剪的论文是值钱的，况且魏文帝也说过——文人相轻自古而然——我们的时代又何独不然呢！幸而好天生就我是执拗的脾气，除非不曾拿定主意，否则，无论别人怎样冷嘲热骂，我还是我行我素。在大学的三年里，我写了十几万字的文章，其中有短篇小说，有游记，也有散文。短篇小说已集成册子，而出版问世的，就是《海滨故人》（短篇小说集）。游记有一本《扶桑印影》，就是记载日本参观的一切，可惜被一个朋友拿去弄丢了，——而我又无副本——这也许是习惯，我从来写文章最难得起稿——并不是别的。我怕腾［誊］清，所以每一篇小说，因为起头的不得当，有时竟换七八张稿纸，等到头一起好，那便一直写下来，毫不困难，所以我作文章不怕结尾，只怕起头。

在我的处女作《海滨故人》出版以后，我因为生活上发生了变化，在这种变化中，我的心情是复杂的，一方面我是满足了，——就是在种种的困难中，我已和郭君结了婚，而一方面我是失望了——就是我理想的结婚生活，和我实际的结婚生活，完全相反。在这种心情中，又加着家庭的琐事，我几乎搁笔半年不曾写文章，半年以后，我又继续的努力我的著作生涯，这时节所作的有《胜利以后》，《何处是归程》，《父亲》，《秦教授的失败》等短篇，又经过半年我便遭人生的大不幸，郭君竟一病而逝。在这时节我心里当然充满绝望哀感，在我送他的灵柩回故乡安葬，我便在故乡的女师范教了半年书，在这半年中，我所过的生活，所谓极人世之黯淡生活，但是我的心倒比较清闲了，于是又继续写文章，在这时所写的，如《寄天涯一孤鸿》，《秋风秋雨》，和《灵海潮汐致梅姊》等短篇，共收集一册名为《灵海潮汐》，约六七万字，在开明出版。

故乡的人情习惯，对于我都觉得太不惯，尤其他们作人的态度更和我格格不入，所以我住了半年，便又跑〈到〉上海飘泊着，在这个时期我在上海大夏附中教书。就住在女生寄宿舍，每逢课余，仍继续写文章，但是自己觉得比较好的东西，到底太少。

不久接到北平朋友们给我的信，回到故都去——故都是我自幼生长的地方，我对于那地方的感情，特别浓厚，所以我就辞了这方面的教职，和几个朋友一同北上。在北平我充任平民教育促进会的文字编辑员之职，所以镇日更是笔不离手，不过这时节我所写的东西，全不是我心里想写的，比如编《平民千字课》，一天到晚拿着那一千个基本生字，想尽方法，编成种种常识，歌谣等，虽然，写的也不算少，可是我这些东西，都不能在报纸上发表，在表面上有些人或以为我在创作的路上，已经搁浅了，而我自己呢，也感到编千字课这一类的工作，太机械死板，所以只作一年，我便辞了不干。以后我便想试着写中篇或长篇的东西，有几个朋友，觉得在北平办一个书店，出一本定期刊，是很有意义的工作，于是我们几个人，每人拿出几百元来，筹备办一个书店，起名为华严——取其有文章之彩饰，而又有态度庄严之意。在书局不曾开幕之先，我们又创办了一种半月刊，叫作《华严》半月刊，我任编辑之职，因此更不能不努力写文章，我的中篇小说《归雁》就在这时期中产生了。同时我又搜集了年来所作的短篇集成一册叫作《曼丽》，这里面所有的文章，多半是在《晨报副刊》，和石评梅君所办的《蔷薇周刊》上发表过的，这些文章，我认为都不足登大雅之堂，不是为了要几个稿费而作的，便是被朋友逼出来的。在这几本东西以后，我又和李唯建君共出了一本《云鸥情书集》——这本东西之能问世，是在我们意想之外，因为那里面的几十封信，完全是我们一年以来的通信，有一次大家无意的谈起这些信，拿出来重看一遍，觉得写得很美，不像一般人的情书，在这里面，有我们真正的作人的态度，也有真正的热情，也有丰富的想像，所以我们便决定把它公开了。

在《云鸥情书集》以后，便是我所写的《东京小品》了，这本东西，是我同李君旅居日本时所写的小品文，共拟了二十个题目，而我只写了十一篇，便回国了，其余的九篇虽有题目，还没有工夫把它写齐，那已经写好的，都在《妇女杂志》上发表过，将来或能收集成册。

从日本回来后，我们就寄寓西子湖滨，我们决意不作事，修养半年，写半年文章，——本来这地方最是好写文章的地方，山清水秀，生活又非常松散，被压迫的灵感，在这美丽的环境里，随时随地都有触发的可能，况且我们这时候又最穷，——文以穷而后工，如果是真的话，我们当然可以写出很好的文章了。——文章的好不好我自己也难说，不过这半年的出产量的确不少，我写一本十万字的长篇，在《小说月报》已发表了十分之八九，其余的一部份，不幸因国难而遭焚。——如不然这本书在民国廿一年就可以和人们相见了，现在呢，这本书竟成了焦尾巴狗，不知那天才能把它续起来。除了这一本长篇外，我又写了许多短篇的东西如《地上的乐园》，《玫瑰的刺》，《苹果烂了》诸短篇，集成一册，名为《玫瑰的刺》，已交中华出版，不久或可与世人相见。

离开杭州我又到上海从事口耕生涯，可是我不敢为了机械的教书生涯，忘记我一向所努力的创作生命，所以在百忙中，我是一有工夫就写，在《申江日报》的《海潮》上我写了不少的短篇，还有《女声》上我也作了一些短文，其它如《时代》《前途》杂志，《现代》杂志上也都有我一二篇创作，这些东西，我将来也想把它收集成册。在暑假中炎暑的天气里，挥着汗写成一部长篇战事小说，这本书本想出版的，不过我还要修改一次，最近我在《时事新报·青光》上发表一部中篇是《女人的心》。

由以上的事实看起来，我的创作生活，都不是很悠闲的，除了在杭州的半年，和在日本的一年[1]，我是没有教书，其余的时间我都是一面教书一面写文章。这种的努力，我自信是为兴趣，有时也为名，但为钱的时候，也不能说没有，不过拿文章卖钱究竟是零卖灵魂，有点可怜，所以我宁愿在教书的余暇写文章了。

我创作的生活大概如此，但假使我能活六十岁的话，我未来的生命还有二十六七年呢！这二十六七年中我应当怎样呢？我知道凡认识我的朋友们，都愿意知道，不过这未来的事情，无论谁也算不定的。不过在我却不能没有一个志愿，我愿将我全生命供献于文艺，我愿我六十岁作自传的时候，我已经有一二本成功的杰作，那么我就在众人赞叹的声中，含笑常［长］逝吧！

思想的转变

在我所述的过去生活中，也许可以看出我思想的大概来。但我觉得这十年中，我思想上有几个显然的转变期，很有关系于我的作品，所以想把它详细说：

从童年到中学时代这一节时间，虽然不短，而我的思想还没有确定的形式，姑置不论，到了大学时代——也就是我从事于创作的时代，因此就从我表现于作品上的思想来说吧。

---

① 原版为“一年”，福建人民出版社《庐隐选集》改为“半年”。查庐隐经历，于1930年暑假和李唯建、女儿郭薇萱到日本，当年12月16日离日回国，确实只有半年。庐隐此说“一年”恐有误。

我第一期作品《海滨故人》一书所取材的方面有关于恋爱的，有关于工厂生活的，也有关于教育方面的，但是其中除了一两篇如《海滨故人》等是真的由我生活中体验出来的东西，其余多半由于间接听来，或者空想出来的。在这本册子里，充满了哀感，然而是一种薄浅的哀感，——也可以说是想像的哀感，为了人生不免要死，盛会不免要散，好花不免要残，圆月不免要缺，——这些无计奈何的自然现象的缺陷，于是我便以悲哀空虚，估价了人间，同时，又因为我正读叔本华的哲学，对于他的"人世一苦海也"这句话服膺甚深，所以这时候悲哀便成了我思想的骨子，无论什么东西，到了我这灰色的眼睛里，便都要染上悲哀的色调了。在这时候，我的努力，是打破人们的迷梦，揭开欢乐的假面具，每一个人的一声叹息，一颗眼泪，都是我灵魂上的安慰，——但是我自私了，我自己对世界这里［样］认定，我也想拖着别人往这条路上走，我并不想法来解决这悲哀，也不愿意指示人们以新路，我简直是悲哀的叹美者。

这种思想，支配我最久，第二本的小说《灵海潮汐》，和第三本小说的《曼丽》，都未能出这个范围。不过在实际的生活上，我比从前复杂了，同时我接连着遭遇人间最不幸的死别：第一是母亲的死，在儿时我虽然不被母亲所爱，但是以后几年，为了我的努力，母亲渐渐的对我慈和；同时呢，我是个感情重于理智的人，所以对于母亲仍然有着极深的眷恋，——而且她的死是太出乎我意料之外，那时候正是年假，我放学回家，在家里住了七天，接到北平的朋友的快信，要我即刻北去，一来参观她们的婚礼，其次呢另有要事介绍我去担任，必须当面接洽，我当时把信给母亲看过，母亲脸上露着不忍离别的热情，和声说道："差五六天就到新年了，你一去不是不能在家过年了吗?"我听了这话，又看了母亲那慈和的面容，我就想不走吧，但那时候究竟是少年，血气方刚，觉得动比静好，〈因〉此最后还是决定去了。

我走时，是早上八点钟，那时节母亲不曾起来，只坐在床上招呼我吃东西，并嘱咐我路上小心，她含着微笑，望着我走出家门，我心里不期然的发酸，眼泪滴了下来——我从来离家没有掉过眼泪，而这是第一次。

唉，谁知道这一次的别离，是我们母女间的永别。我到北平两个星期，忽然接到家里的电报说是"母病重速归!"这一吓我如失去了魂魄，当夜就动身南下，那晓得到家时，母亲已经死了两天，棺盖已紧紧的盖上了。

这是一个很大的打击。那晓得母亲死后一年多，郭君也一病不起，这仿佛在那尚未结痂的疮痛上，又刺了一刀。这时节我对于人生才真的了解了悲哀，所以在这个时期我的作品上，是渲染着更深的感伤——这是由伤感的哲学为基础，而加上事实的伤感，所组成的更深的伤感。

我被困在这种伤感中，整整几年，我只向灭亡的路上奔，我不想找新的出路。后来我又回到北平，认识了几个新朋友，是由石评梅介绍的，——评梅那时也正过着悲伤的生活，所以她很体贴我，帮助我，我俩同在一个中学教书，稍有闲暇就一同出去散步谈心，有时两人跑到陶然亭，对着累累荒坟，放声痛哭，有时尽量的吃酒，吃得人事不知，有时呢，绝早起来，跑到中央公园的最高峰上，酣歌狂舞，我们是一对疯子。就在那个时期，我获得浪漫女作家的头衔，好在我道不孤，我因有评梅和我同情，对于这种生活仍能继续下去，——那顾得别人的冷讽热嘲，在这个时期我写了《醉后》等短篇文章。

不久评梅得了脑膜炎的急症，从她病起，直到她死，我不曾离开她，后来她搬到协和医院去，我也是天天去看她，在她临终的那一夜正是阴历八月十六，我接到协和医院的电话，连忙坐汽车赶到那里，她正在作最后的挣扎，我看她喘气，我看她哽咽，最后我看她咽气，唉，又是一个心伤！从评梅死后，我不但是一个没有家可归的飘泊人儿，同时也是一个无伴的长途旅行者，这时节我被浸在悲哀的海里，我但愿早点死去，我天天喝酒吸烟，我试作着慢性的自杀。

可是天心还不以为足，评梅死后两三月，我又接到我大哥哥去世的消息，他遗下了几个幼小的侄儿侄女，和一个刚刚三十岁的寡嫂。唉！人非木石，这接连不断的割宰，我如何受得了？我病了，在病中我想了许多，我觉得我悲哀的哲学，和悲哀的生活已经到最高潮，这时节我若不能死，我不论对于生活上和作品上，都有转变方向的必要，——因为我已经走到“山穷水尽”的地步了。

在我病好以后，我结束了我第一个时期的思想。

到了我作《归雁》的时候，我的思想已在转变中，我深深的感到，我不能再服服贴贴的被困于悲哀中，虽然世界是有缺陷，我要把这些缺陷，用人力填起来，纵然这只是等于愚公移山，精卫填海的梦想，但我只要有了这种努力的意念，我的生命上便有了光明，有了力。所以在《归雁》中，我有着热烈的呼喊，有着热烈的追求，只可恨那时节，我脑子里还有一些封建时代的余毒，我不敢高叫打破礼教的藩篱，可是我内心却燃烧着这种的渴望，因为这两念的不调协，我受尽了痛苦，最后我是被旧势力所战胜，“那一只受了伤的归雁，仍然负着更深的悲哀从新去飘泊了”。

我的《归雁》虽是以这样无结果而结果了，而我在这时期，认识了唯建——他是一个勇敢的，澈底的新时代的人物，在他的脑子里没有封建思想的流毒，也没有可顾忌的事情，他有着热烈的纯情，有着热烈的想像，他是一往直前的奔他生命的途程，在我的生命中，我是第一次看见这样锐利的人物。而我呢，满灵魂的阴翳，都为他的灵光，一扫而空，在这个时期，我们出版了《云鸥情书集》——这是一本真实的情书，其中没有一篇，没有一句，甚至没有一个字，是造作出来的。当我们写这些信时，也正是我们真正的剖白自己的时候，在那里可以看出，我已不固执着悲哀了，我要从新建造我的生命；我要换过方向生活，有了这种决心，所以什么礼教，什么社会的讥弹，都从我手里打得粉碎了。我们洒然的离开北平，宣告了以真情为基础的结合，翱翔于蓬莱仙境，从此以后，我的笔调也跟着改变。虽然在西湖时我还写了一篇充满哀情的《象牙戒指》——那并不是我的理想，只不过忠实的替我的朋友评梅不幸的生命写照，留个永久的纪念罢了。

在这个大转变之后，我居然跳出悲哀的苦海。我现在写文章，很少想到我的自身，换句话说，我的眼光转了方向，我不单以个人的安危为安危，我是注意到我四围的人了。最近我所写的《女人的心》，我大胆的叫出打破藩篱的口号，我大胆的反对旧势力，我更大胆的否认女子片面的贞操。

但这些还不够，我正努力着，我不只为我自己一阶级的人作喉舌，今而后我要更深沈的生活，我要为一切阶级的人鸣不平。我开始建筑我整个的理想。

归纳上面的事实看来，这十余年来，我的思想可分三个时期：——

一，悲哀时期——在这时期产生了《海滨故人》，《灵海潮汐》，《曼丽》。

二，转变时期——在这个时期产生了《归雁》，《云鸥情书集》。

三，开拓时期——在这个时期产生了《女人的心》和短篇《情妇日记》等。

以上三个时期，在第一个时期里，已确定了我的人生观；到第二个时期，我的人生观，由极度的悲哀，向另一方向转变；到了第三个时期，就是我已另开拓出一条新路来了，所谓“山穷水尽疑无路，柳暗花明又一村”了。

难道一个人的人生观，根本上也会改变吗？——也许有的人是如此的，不过我却不是这样。我不满意这个现实的人间，我伤感，一起头我就这样，其中所不同的，是从前只觉得伤感，而不想来解决这伤感；所以第二步，我还是不满意人间的一切，我还是伤感，可是同时我也想解决这个伤感；第三步呢，不满意于人间和伤感也更深进一层，但我却有了对付这伤感，和不满意于人间的方法，我现在不愿意多说伤感，并不是我根本不伤感，只因我的伤感已到不可说的地步，这情形正好以辛弃疾的《丑奴儿》辞来形容之了。

“……少年不识愁滋味，爱上层楼，爱上层楼，为赋新辞强说愁。而今识尽愁滋味，欲说还休，欲说还休，却道天凉好个秋！”

社会经验

我大学卒业后，被安徽宣城某中学请去当教员，在那里我发现人间许多罪恶：

当我还不曾到这个学校之先，我见了这学校新聘的教务主任，他是北平师大的卒业生，也是一个经历不深的青年，所以他的理想很高，头一件：他想开通地方风气，提倡男女社交公开，职业平等，所以他自从接了那学校教务主任的聘书后，就想请一批新教员去，——在这些新教员中，又请了两位女教员，我也是被请的一个。对于这件事情，我们大家都有着很好的理想，谁也没有多少社会经验，当我们到了那地方的时候，虽然有几百对亮晶晶照了奇异光波的眼睛，向我们投射，而我们还是不气馁，雷厉风行的把学校的一切改组起来。第一个礼拜，彼此都在看风势的期间，因此得平安无事，到了第二个礼拜，渐渐的不对了，有几个有背景的学生，在讲堂上发难了，不是找些冷字僻典来考你，便是问些叫你不能回答的问题，每一次上课，真有点像绑到囚牢里受罪的情形，一点钟比一年还难渡，只要听见下堂铃响了，禁不住要念一声阿弥陀佛。这样苦难的日子整整熬了两个多月，我这时有点后悔不该为了一百二十块钱，零卖了灵魂，但是聘书，既已接了，至少也该教完这个学期呀，忍耐吧，没有别的方法，对于功课，充分的预备，竟弄得教一点钟书，要预备三个钟头，我这种卖力气，果然有点效果，除了三五个是有作用的学生，还是待机而动外，其余的对我已有了相当的信仰。

但是社会的花样却不是这么简单，这一隙攻不进去，他们另找门路，一天下午，我们正从外面散步回来，走到学校门口时忽见一群学生，围在一起，窃窃私议，见了我们，脸上更露出一种不可形容的怪相，可怜我们这些惊弓之鸟，早又砰砰心跳起来，知道大难就在眼前了。

到晚上，我们才探听出结果来，原来是当我们未来前，此地有几个老教员，——多半是本地的土棍，被新校长辞退，尤以那位国文教员，资格老，而我就不幸是抢了他的饭碗，所以他想在背地里摆布我，最初是利用学生，看看没有什么效果，于是不能不有更毒的第二步计划了，这又是什么方法呢？就是找一个不三不四的女人，故意跑到学校里，站在学生群里说："我是某某人的第三姨太太差来，请这里的两位女先生去叉麻将。"学生们听了这话，又看了这不尴尬的女人，都不禁哄然大吵起来，以为学校庄严之地，岂可有这种交游不择的女教员，因此他们就想拿这件事情，作为风潮的引火线，可是天知道，我们在这个地方，就没有认识一个人，更何从晓得某某的姨太太呢，当时我就知道这其中必另有黑幕，越想越怕。照我的意思，恨不得立刻离开这里，但其余的朋友同事们，都觉得我们不应示弱于人，他们的手段越卑微，我们越应奋斗，——好吧，我只得硬着头皮奋斗，可是自从这天事变之后，我的日子更难过——那时节我仅仅是个二十二岁的女孩儿，还不曾结婚，如果他们裁［栽］陷一些不名誉的事实，我可受不住，每天如履薄冰般，战战兢兢的度过。好容易盼到年假来了，我顾不得征求同事们和教务长的同意，我决然毅然的离开这个学校，这一生再不愿重践此地。当我上了回上海的轮船时，我不禁向苍天呼了一口长气，我那里是去教书，我是去受了半年的宰割之罪，回到家里，我觉得我的心境竟老了十年。

从安徽回来以后，我便立志永不到外县去当教员，年假期满，我到北平师大附中去教国文，——在这个学校里，我过得很平静，学生纯洁，同事们也都是有志于教育的高尚人物，大家本本份份各尽其职，没有暗潮，没有猜忌。

后来我因为种种原因，不能住在北平，所以便辞了职到上海来，在这里我们仍然教书，同时我又作了某大学女生指导员，——指导员就是变形的学监，也是变形的高等娘姨，管家婆，那些学生小姐何尝把我放在眼里，房子里常常发现花生皮栗子壳，碰到这种事情，我只好装瞎，如果要不知趣，要训他们几句，那些学生小姐立刻让你脸嘴看，至于她们提着男朋友出入于宿舍，你也不能多管，管了立刻便有麻烦，所以结果我作了半年的指导员，并不曾指导过人，我却被他们指导了，我懂得什么叫敷衍，更明白尸位素餐才是真正的聪明人。

不过我究竟是世故太浅，虽是学到了敷衍，和拿钱不作事的本领，可是还不能安之若素，所以满了一学期，我又辞掉了，觉得还是回北平吧！——那个地方是我第二故乡，风俗人情我都还能习惯。还北平后我到一个教育会里作了一年的编辑，在许多间的房子里，含［赘字］充满了各式各种面孔的编辑员，每人手里拿着笔杆绞他们的脑计［汁］，在那些人的脸上，我发现了人生的劳苦。

编辑当腻了，我又想换一个饭碗吧，正好这时候有一个朋友找我去当校长，——我从来没有作过学校行政方面的事情，借此机会换换新也不坏，所以毫不思虑的便答应了。那里晓得刚接到委任状，就得预备碰壁，从某方面传来一个消息，旧任不想好好的交代，要鼓动学生出来挡新校长的驾，同时有人来报说是旧任手里还有一笔账，要转过来，叫我小心别上当，喰呀！这又是些新奇事；在我浅薄的经验中，不但没见过，就连听也不曾听过，心想算了吧，当什么校长？还是回教育会去当编辑吧，但是我又怎么发付那些新聘的教务长呀，总务长呀，训育主任呀！而且他们老早就来包围我，不容我退却；事到如今，只得向前干去，到了那学校，好容易见了旧校长，被他冷讽热嘲的排暄［揎］一顿，最后说明，须一个星期后才能来接收。

我呢不知怎么对付，——其实一个星期的期限并不算多，不过开学之期太急促，同时还要招考新生，而且教育局长又千叮万嘱，叫我一定按期开学，这一切纠纷，真弄得我心烦神乱，又再三同旧校长接洽，请他快点交出来，结果呢，先交了一部份，勉勉强强按时开学了。

开学的那一天，二百多学生齐集在大礼堂，每个人的脸上是那样涩濯猜忌，我知道我又碰见对头了。在新校长训话中，我发表了几句对学校建设及改革的意见，而那台下面的面孔竟浮着一些不相信的讪笑，唉！这些笑，比剑还凶，直截［戳］得我心头发疼脸上发烧，可是也还不能不挣扎下去。

上课了，许多待机而发的暗潮，如鬼影般，在空中浮动着，只要在他们下课后，便可以看见三个一群，五个一伙的，不知在商议些什么。

忽然饭厅里吵起来了，菜里有苍蝇，要总务主任开除厨子。忽然寝室里又沸腾起来了，某某学生失了东西，要训育主任察问。忽然教室里大乱起来了，算术先生讲不清题解，国文先生念了别字，用错典故，请校长和教务主任另请高明的先生。

唉，一处未了，一处又来，我真不知费了不［多］少力气，才勉强把这些问题对付了。

对于学生方面是如此，同事方面呢，也一样有着暗潮，一部分旧教员，都虎视眈眈的，专想找机会看笑话，而我所聘的新职员呢，又都不是我的夹带［袋］人物——因为我根本就没有夹带［袋］人物，都是临时找来的，当然能否称职，或忠实不，我都没有把握。而偏偏运气不好，教务主任是一个脑筋不清楚的人，排功课表，排了两个星期，还是有许多冲突的地方，有的时候把国文都排在一上午，或算术都排在一天，这真是笑话，一点不懂调剂学生的兴趣，无可奈何，我又从新找了一个朋友来，帮他排好。至于那位总务主任呢，也是常常使我麻烦，常不是米太坏不能吃，便是煤太坏烧不着，我屡次叫他买好米好煤，他把发票给我看，那上面的价钱，的确不小，是好货色的价钱，为什么货物是这样糟呢，因此我便设法派人去打听，那里晓得，又给我学了个乖，原来铺子里所开的发票，是有虚头的，你买十块钱东西，他可以给你开十五块钱的发票，有了发票，便是揩油的保障。同时我又知道他们还不仅发票上作弊，还可以刻象［橡］皮图章，假造收具［据］——这些事情我从前连梦都不曾梦过，现在轮到我要亲自对付了，怎能不弄得手忙脚乱。同时我又是个神怪［经］脆弱的人，这些在别人看来非常稀松的事情，而我偏偏认为是严重得要命的问题，因此便更加厌恶现实的人间，我悲观，我厌世，我打算辞职。

正在这时候革命军到了北平，所有政界上的人，都躲到关外去，我的校长位置，当然也是跟着动摇了，我本来就不愿常［长］干下去，所以这次的摇动，我只有高兴的，不过我一时又不能卸责，必须等到委下新任来时，我才好走，所以在青黄不接的时候，我仍然维持着校务。那里晓得，那些逐鹿的人，看我还不下台，便写了许多匿名信到市党部，告我是某某党是反动派，要逮捕我去审问，我一个朋友在市党部作事，得了这个消息，连忙叫我暂且逃避，可怜我那时身上只有五块钱，怎么能逃？我又想我并没有什么反动的事情，怕什么，还是不逃吧，后来那位朋友极热心的劝我逃，他说："好汉不吃眼前亏。"同时他又借给我念元钱，我却不过他的好意，便想逃到天津去住几天吧，后来到了家里和表兄们商议，他们叫我不必到天津去，只躲到我表兄的医院去住几天，风头过了，就不要紧的，我果然照他的话作了，充了几天病人，新校长委下来了，谁也不再注意我了。这时我才明白了一句古语是"匹夫无罪，怀璧其罪"。哈哈，我又演了人生的一幕剧。

此外我也当过几天大学校里的讲师和教授，这简直都有点滑稽。

我当讲师，教的是新文学，上了课堂，只能讲一些古今中外的文人的风流轶事，这是他们和她们所最高兴听的，至于讲到什么学理，那么你千万不要向他们看，如果看了，你只是自讨苦吃，——有的看小说，有的看情书，有的打开粉盒擦脂粉，有的写情书，还有的在吃糖，——你在上面叫干了喉咙，只有空气被你震荡了一下，别的再没有反应，于是我知道被人赶掉的讲师和教授，却是太不懂现代人心的笨伯。

说也奇怪，像我这样一个学无专长的人，居然也当了几天大学生欢迎的教授，不过现在回想起来，我心头只充满了惭愧，和悲哀，中国今天无论什么都已经濒于破产了！

当然我的社会经验太浅薄，太窄狭，除了知识界，我不曾有过更多的生活方面，我又岂能以一隅之见，而推定全部的社会现象呢？不过这已经很够了，最高尚最神圣的知识界，还不过尔尔，其他官场中，商场中，我又何忍设想。

不过，我究竟还只是三十零岁的人，我还要生活下去，我还须受训练，我只盼望社会现象能一天一天好起来——或者就是我的神经一天一天麻木下去，不然我怕我将受不住那些更伤人的刺激呢。

其　他

1. 从来不追悔

我是一个心里藏不下丝毫渣滓的人，在我的生活过程上，虽然留上不少的伤痕，也曾经上过许多当，可是我对于这些伤痕与上当的往事，只如一阵暴风雨，只要事情一过，便仍然是清朗不染纤尘了，所以我无论作错了什么事，或者上了什么当，只要是过去了，我从来没有把时间拉回来的野心，我再不作无谓的追悔。因此便形成了我两种绝对相反的人格，就是：在文章里，我是一个易感多愁脆弱的人，——因为一切的伤痕，和上当的事实，我只有在写文章的时候，才想得起来，而也是我写文章惟一的对象，但在实际生活上，我都是一个爽朗旷达的人。

许多看过我的文章，而不曾见过我的人，在他们的想像中，多半以为我是精神不振，愁眉苦脸的一个女性，假使有一天他们在某个场所遇见了我，看见我那无忧的狂笑，和尚带孩气的行动，一定要暗地惊奇说："原来她是这样一个人，怎么一点不像她的文章呢!"

这种情形，就是我自己，有时也有点惊奇，不知道究竟那一面是真实的我了。

可是我可以忠实的告诉你们，我并不是像从前人们所说"有心人"的那种故意把伤心事藏起，装出假快活的样子。在我写文章的时候，也不是故意的无病呻吟，说也奇怪，只要我什么时候想写文章，什么时候我的心便被阴翳渐渐的遮满，深深的沉到悲伤的境地去，只要文章一写完我放下笔，我的灵魂便立刻转变了色彩，我无挂碍的生活，我发出真心的笑来。

2. 我的宗教

在童年的时候，我皈依了耶稣，等到我离开那所教会学校后，我本来不澈底的信仰，便渐渐的趋于破产。当然以耶稣那种伟大的人格，博爱的精神，很够得上人们的崇拜，我就以他为人生的模范，并不算坏，不过我最讨厌那些借耶稣名义混饭吃的教徒，他们一面高声叫着耶稣的十戒，而一面却作着种种不道德的勾当，同时他们把一切人力可以胜天的事实抹杀了，自己不努力，偏说是神的意旨，要不然就把《圣经》中的话，当作金科玉律，其实一部《圣经》，不过是文学家的一种想像，用来发挥耶稣的伟大精神的，何尝是史实的记载？那一班刻舟求剑的教徒，每每断章取义的大说其教，结果只使我生出对于宗教极厌恨的反感。

但无论什么人，都有他自己的信仰，没有信仰可以说就没有人生的趣味，所以我虽然不信任何形式的宗教，可是我还是有我的宗教，我的宗教是什么呢？求其心之所安而已。我无论处世接物，都以我这一点的宗教为出发点为归宿地，我平生不做欺骗人的事情，不愿处人以难堪的地步，不愿损人利己，不愿无功受禄，不愿以手段对付人，我为什么要这样作，我不是求死后上天堂，而是在我活的时候，不受“良心”的责备，不怀鬼胎，到处坦然，这就是我的至乐境，我不相信死后的因果，我却相信生时的因果，虽然世界上充满了魑魅魍魉，我这种作人的态度，有时要碰壁，不过无论事实上怎样吃亏，我“良心”上不受煎熬，我还是坦然的快乐的。

我平日既存心如此，有时在梦境里，我被鬼魔所威吓的时候，我想到我平生没有什么对不起人的地方，我的心立刻坦然了。

这种宗教，对于我极有帮助，在我困厄的生命历程上，到现在还能保持我的天真，混然不觉得人们的诡计，完全都靠了这一念“求心之所安”而已。

3. 我的嗜好

我是个畸形发展的人物，也是一个富于男性色调的人物，我从小就不喜欢一切女孩子所喜欢的东西，我也更讨厌机械形的东西与生活，我怕开形式庄严的会议，我怕背死板的书，我怕整齐的数目字，我怕在一定的格子里写楷书，由这几点看起来，就不难知道什么是我的嗜好了。

我爱不着迹的自然界的种种，我爱有神韵的男人和女人，我爱有个性的写意画，我爱穿在身上舒服的衣服，我更爱看来无踪去无迹的浮云，我喜欢到无人的地方，睡在草地上看小说，我爱买一些佳肴美味，约几个知心的朋友吃酒，吃醉了我爱睡在床上作醉梦。

我是一个喜欢冥想的人，我最怕到人多的地方去挤，也可以说我受不起外界的刺激，所以大戏场，跳舞场，咖啡店里从来没有我的足迹，我更怕到大公司去买东西，伙计们势利的脸，买东西的攘攘人群，都是使我头痛的事情。

我喜欢在乡村的地方，和好朋友或爱人闲步闲谈，除了这些嗜好之外我还喜欢打小麻雀，我对于麻雀最感兴趣是摸牌，我每次拿到牌的时候，我不愿就看，我要先摸，——而我摸的本事也很不坏，十张牌总有八九张是摸得出来的，除了摸牌的兴趣外，我还可以利用这个机会，观察人生，——一个人平日多半是戴着假面具，唯有在利害关头的时候，那些假面具往往失掉效用，尤其在赌博的场所，可以由他们的发牌，和给钱的神气里，看出他们的心术和胸襟，所以我觉得赌场就是战场，在那时候个个人都要原形毕露，真所谓观赏不尽的人生呢。

4. 我创作时的习惯

我写文章最怕腾［誊］清，所以我无论写长短篇，我从来不起稿，作短篇呢，先把结构想好，提起笔来，便一直写到底，作长篇，也是把结构想好，此外再作一个大纲，比如我要写十章，我就把十章题目写好，然后一章一章的写下去，写完了全部，再看一遍，改削一些错字，就算全功告成。

还有一层，我自从创作以来，差不多都在学校里担任功课，所以我的文章，多半是在授课之匆忙中，抽暇写出来，因此养成了一个忙里写得出文章的习惯，往往在学校里学生在教室里作文，我便坐在讲台上写稿子，这成绩并不坏，每两点钟，我平均能写二千三四〈百〉字左右。

而且还有一件特别的习惯，我很能支配我的头脑，我教书的时候，我便全心都在教授上，放下教本，我脑子里完全再不留教书时的余影，我坐下写我的作品，我又全心都在我的作品上了。

当然这完全是因平日的训练，现在已成了习惯，不但教书不妨碍作文章，而且不教书，专门作文章，反到不起劲了。

至于我作文章的时候，最好是桌上放一壶好茶，一包香烟，我一面吃着烟和茶，一面就写。同时我的性情非常干脆，我作什么事，最怕拖泥带水，只要时间应［允］许我，竟可以一坐下来，延续到五六个钟头，我不感疲倦，一定要把这东西写个段落，才肯休息。我记得在一个星期日里，因为要写完一篇短篇，从早晨八点，写到晚上十二点，除了吃饭后休息半小时，仍旧继续写，整整写了一万字，把这篇文章结束了，我才放笔，第二天睡个整天。所以我的文章，只有不深刻粗枝大叶的毛病，而没有不接气。

5. 我对于教育的意见

我虽然不是个教育专家，可是我是师范学校和师范大学的毕业生，我学过教育原理，教授法，教育行政法这一类的科目，同时我从小学到大学都教过，我也作过小学校长，中学校长，指导员，当然对于教育上也有我的意见，和主张了。

我觉得世界上，最平凡的是教育学，而最假冒为善的也是教育家，明明自己是个爱吸烟吃酒的人，而为了不许学生吸烟吃酒，于是板起面孔来，“你们不可吸烟，不可吃酒。”而他出了讲堂便可大吸其烟，大吃其酒，这种言不由衷的勾当，最是教育家的拿手。本来世界上，有许多东西，都正像一只纸老虎，不戳破的时候，原也可以虎吓人，但一旦戳穿，便一文不值了。教育家的俨然道貌，望之颇似人师，就之亦见其可畏，但细细而察之，那就糟了，所以我生平最恨这种矫揉造作的教育家，乃不幸我亦为人师，似乎也应当买一副假面具戴起来，可是我是“沐猴而冠”的野性人，即使俨然，也仅仅俨然得一时半刻，便露出原形来了，所以我到无论那一个学校，初次所给学生的印象，都是非常庄严，正所谓“像煞有介事”，但过了两个礼拜后，我的面孔就板不起来了，这种情形常被学生欢迎，而大大的取厌于办事人，他们觉得我太不够教育家的资格了。

一般的教育当局，对于我的批评是作一个会教书的教员还过得去，我［若］想我管理学生，那就大糟而特糟，我听了这种评论，只是报之以一笑，我从不愿把我的教育意见和主张，对他们说，因为就是说了，他们也未必了解我。

我的教育意见和主张，究竟是什么神秘的东西呢？就是不教育的教育，我从来不愿对学生说，你们不准怎么样，也不愿对学生说你们必要怎么样，我只是忠忠实实的把我对于人生的态度告诉他们，让他们自由选择，以我为是也好，说我不是也好，我总也要他们也忠忠实实把他们对于人生的态度告诉我，有时他们的见解错误了，我只指出他们的错误之所在，让他们自己去找不错的方向走，有时我也坦白的说出我自己劣点之所在，并把这些劣点所发生不良的效果，告诉他们，又告诉他们，我这些劣点是如何养成的，使他们自己不由得不怕，不由得不极力的避免，我从来不愿学生，只知其然而不知其所以然，我以对家人朋友的态度对待学生，所以在形式上，我绝对没有人师的庄严，——虽然这是教育当局大不以为然的，我也顾不得了。

其次对于教书的态度，我知道的便忠实的告诉他们，如果遇到难解决的问题，我便告诉他们，我对于这些问题也没有研究，如果他们之中，有比我的见解高明的，我也能虚心领教，如果他们也解释不出，我可以帮他们找能解释的人，来替他们解释。我本了这种的态度教书，——也许有人替我担忧，会失掉学生的信仰，而其结果，却大谬不然，他们对我只有更亲切，更信仰，因为孩子们的心，到底是喜欢坦白，和真实的。

我最反对学校当局，以威吓的——如记过扣分这种手段来压迫学生，因为我知道，这种压迫，对于学生，不但没有效果，而且容易发生反感，最后养成他们阳奉阴违的诈伪习惯。说到这里我不免想起我在中学时的一件故事来，当我在中学读书的时候，校规非常严厉，不准我们不穿制服，不许穿高跟皮鞋，也不准涂脂抹粉，在学校里无法反对，但一到星期六回到家里，第一件事情，就是脱下那身看了都生气的制服，穿上别的衣服，换了高跟鞋，满脸涂上粉，极热烈的依［妆］扮起来，——这并没有其他的目的，就是因为学校压迫太很了，不如此不舒服，试问这种教育有什么用处？

至于读书呢，我觉得在中学校时读书，就像是受罪，从来没有感到书的趣味，天天坐在讲堂上，听先生讲书，就好像是吃苦药，只盼日子快点过去，早点被赦免，到了毕业的时候，拿到文凭，就什么事都完了。——所有的书一齐还给先生。

这种现象，难道不是教育的失败吗？要养成一个大学者，著作家或其他方面有成就的人，舍了兴趣能成功吗？作一个教员不能引起学生对于读书的兴趣，一天到晚，像开刻板的留声机器般，这只是戕贼学生个性的罪人，称得起什么教育家，如果没有这般混饭吃的教育家，至少学生还不至埋没了个性吧。

当然这以上的见解，也许不见得高明，也许还是教育界的叛徒，不过谁也不能否认这是我的意见，我的主张吧！同时我也深深的觉得我不配为人之师，有时，我为了自己站在讲堂上说东道西的骗人，我竟忍不住要脸红，更深人静的时候我甚至会流下忏悔的眼泪来，唉，可惜了一群天真纯洁的孩子，就在这种不自然的矫揉造作的教育家的手腕下，被宰割；我不能忍受良心的罪责，我只有坦白的把我自己在孩子们面前剖解，我只愿他们看见我的劣点，而改善他们，而不敢自命为人师。

所以我的教育主张，只是人格化的教育，放任式的教育而已。

6. 我对于恋爱的主张

在我过去的作品上，有人称我为描写男女恋爱的专家，——这种头衔我虽受之有愧，然而也不想推辞，本来世界上最大的问题，也不过男女的恋爱而已，希腊大诗人荷马所歌咏的长诗《依利德》，也是以恋爱为背景，拿破仑一世英雄，他不能免掉恋爱，楚霸王纵横于千军万马中，忘不了虞姬，他如周瑜孙权，在他们那慷慨激昂的事业史上，也点缀着大乔小乔的艳迹，至于辞人墨客，更是舍了男女恋爱无文章。如果上帝不改造了人类，使世上只有男人，或只有女人，这恋爱问题是无法避免的，因此我纵多描写点男女恋爱，也是事势所使然，何足为怪呢?

但我既是个描写男女恋爱的专家，当然我总有我的恋爱主张了。

有许多高之又高的人，主张恋爱是神圣的，无条件的，他们这个出发点是千对万对，不过还有唱高调的嫌疑，我自然不会主张恋爱要以金钱地位年貌为条件，可是也不相信是绝对无条件的。

如果恋爱是绝对无条件的，那么芸芸众生之中，为什么某人定要爱上某人，就算是直觉的吧，但你既觉得她或他的可爱，那被你爱上的那几点，便是条件了。比如说你觉得某某态度好，性情纯真，见解深湛，所以你爱上他或她，那么态度好，性情纯真，见解深湛，便是你恋爱的条件了，那么你怎能说恋爱无条件呢？至于一般浅薄的人所说的条件，那是表面的认识，而不是刻骨的了解，所以一旦结了婚，这些表面的东西有所变动时，那么感情也同时破裂了，这种条件是要不得的，而由你直觉所鉴定的条件你却不能否认呢！所以我的主张恋爱是有条件的——精神上的条件。

这些精神上的条件，以那一种为最要呢？第一步当然是要彼此有深切的了解，仅仅了解还不够，这相爱的一对人儿当中，还须彼此发现各人的特别优点，互相崇拜这优点，我认为这一事比什么都要紧，如果单靠情爱，而不副之以相敬，那么如水波浪的爱情，一旦浪退波平时，将以何物来维持？还有一层，夫妇之间如能相敬，——即能彼此尊重其人格，这便是两个健全的细胞的结合，势力是平衡的，绝不至发生你欺我压的事情来，家庭之间自然不会发生什么龃龉的。

其次要性情合得来，事实上世界上的人，就没有两个人的性情绝对相同的，即所谓“人心不同如其面”，不过无论如何不同，其中总要有一两点相同，其余那不同之点，也要能相反相成，调协得来才行，不然终日相处，随时争论，这感情也维持不久。

再其次呢，应当有为了爱而牺牲个人利益的精神，这种牺牲是绝对优美的，伟大的。如果两个真相爱的人，其中若没有这种精神，那爱便不真诚了。

这以上是我恋爱的条件，也便是我恋爱的主张了。

（本篇于 1934 年 6 月 15 日由上海第一出版社初版单行本）

附：

庐隐的故事

——《庐隐自传》代序

邵洵美[1]

“我每次作稿，描写某人的悲哀或烦恼，我只是欺人自欺，说某人怎样的痛哭，无论说得怎样像，但是被我描写的某人，是否和我所想像的伤心程度一样，谁又敢断定呢，然而那些人只是我借他们来为我象征之用……”

上面是庐隐所著《灵海潮汐》中《寄天涯一孤鸿》里面的一段话，可以说是她对于自己作品的一个供状。我们在她的作品里，不但时常可以找见她自己的象征；有许多篇简直完全是自传式的：热烈的情绪从没有一些遮掩。读她的作品，我们可以看见一个直爽的女子，她有着不可忘怀的过去，但是她明白这人生的意义。她对这一切事情是如此地坦白：她要笑，笑到

---

① 邵洵美（1906—1968），诗人，作家，出版人。早年在英国剑桥大学学文学，转法国画院学绘画。1926 年回国，创办时代书局，出版《论语》《新月》等刊物和《天堂与五月》《花一般的罪恶》等诗集。

一切人心跳；她要哭，哭到把所有的眼泪都流干。她是有个性的，她知道这人间世的残酷，她自己受着冤屈，她又为人家抱着不平；她平时总是兴奋着，所以“那我可不在乎”便成了她的口头禅。但是她生性是拘谨的，她的“游戏人间”，与其说是一种发挥，不如说是一种报复：所以她所憧憬着的仍是——

> “这里是一个很空寐［寂］的环境，前面有一条石砌的山路，左右环绕山峦；没有人家，没有村落，也没有游人，只有一两个樵夫背着柴束，向山下林丛中走去，山涧中的流泉，假使发出潺潺的水声。行云和沙冷都沉醉于这伟大的沉默中了。
>
> “在他们的眼前，展露着宇宙的神秘，他们的心弦，同时奏着和协的曲调；他们的内心，充实着美满的光和爱。”（《玫瑰的刺》第二四六页）

我认识庐隐不过三年，三年内见面不满二十次，每次见面她总和唯建在一块：有时是他们到我家里来，有时是我上他们家里去。因为我不愿意和弄文的人谈文，所以我们见面时，谈话的范围总会扩充到很大很大；也就是为了这个原因，庐隐的性格便常会很明白地底流露出来，她给我的印象便很深。

我记得庐隐常用着最柔软又流利的北平话说“怪事，怪事！”当要添酒时发现了酒瓶已空；或是当抓了三圈抓不到等了半天的嵌五万；或是当人轻轻地对她说她这件淡绿的旗袍更可以配合她个性的时候。从她言语里，我们又可以听出她爱哭；可是当你想要取笑她时，她总好像独白般地说：“不，我觉得哭了就爽快。”

说她爽快，恐怕是最能道出她的个性，可是还得明白她感觉的敏锐；她没有一句话不肯爽快地说出来，可是无论你说句什么话，总又会引出她一大串爽快的回答或追问。

这些当然是浮面的观察，但是我相信庐隐心底里不会有多大的秘密，要是有，那恐怕连她自己都不会知道。有一次她和唯建故弄玄虚，约了我去，记得还请了新城大杰夫妇，我看见晚饭的菜太华丽了，就问是一个什么宴会，唯建抢着声明是庆祝《象牙戒指》脱稿，可是我们只看见有一个秘密在庐隐嘴唇上发颤，不久就抖出了一句带笑的“今天是小妹妹一岁。”

庐隐的天真，使你疑心“时光”不一定会在每一个人心上走过；喝酒是她爱的，写文章是她爱的，打麻雀是她爱的，唯建是她爱的……她还爱许多旁的东西，可是她从没有想过要有选择。对于她，我相信，一对白板不见得比不上唯建两个眼睛里的光芒。

在她文章里最容易找到她自己：《玫瑰的刺》当然是事实的记载；《云萝姑娘》《树荫下》，那也几乎是从她日记里演化出来的；《地上的乐园》里她的一首定情诗（结束也许是不吉利的）；《云鸥情书》，那是早由礼锡做过索隐了。

也许因为她喜欢用主观的笔调，所以有很多篇文章是用日记体裁写的，人几乎会疑心她是没有一天间断记日记的。我们更可以在她文章里找到她对于自己的评语，《海滨故人》里的露沙一定是她自己：“露沙有很清瘦的面庞和体格，但却十分刚强，她们给她的赞语是‘短小精悍’，她的脾气很爽快，但心思极深，对于世界的谜仿佛已经识破。对人们交接，总是诙谐的。”她对于自己性格的诉说，的确和我们对于她的观察一样；不过我真奇怪，她为什么总爱说自己经验的丰富，“对于世界的谜仿佛已经识破？”且看她经验所显示给她的——

“现在的社交，第一步就是以讨论学问为名，那招牌实在是堂皇得很，等你真真和他讨论学问时，他便再进一层和你讨论人生问题，从人生问题，便煊［渲］染上许多愤慨悲抑的感情话，打动了你，然后恋爱问题就可以应运而生了。……简直是作戏，所幸当局的人总是一往情深，不然岂不味同嚼蜡！”（《海滨故人》第一五〇页）

“钟文……我在你心目中，不知还是个什么狐狸精或是魔鬼吧！”（《玫瑰的刺》第一九七页）

“我想游戏人间，反被人间游戏了我！”（《灵海潮汐》第一〇四页）

但是看她真的将讲爱情时，那简直是一个天真的小女孩子！所以我觉得说她聪明也可以，勤奋也可以，活泼也可以，率直也可以，慈悲也可以，甚至严重都可以；但是说她识破世界之谜却无论如何不可以。就因为她识不破世界之谜，所以她会有这样丰富的情感，热烈的兴致，深切的恋爱，和她写文章的勇敢及忍耐；否则那里还会有这七八册心血的结晶！

像庐隐这么一个作家，当然最适宜于写自传了，第一她因为对自己特别感到兴趣，于是会细心地去观察自己而立下几乎是大公无私的评语。第二她有充足的脑力去记忆或是追想她的过去。第三她有勇敢去颂扬自己的长处及指斥自己的弱点。第四她有那种痴戆或是天真去为人家抱不平及暴露人世间的丑恶。第五她有忍耐同时又有深刻的观察力去侦视这人生的曲折。第六她有复杂的经验可以使自传不枯燥。第七她有生动的笔法可以使一切个人的事情使别人感到兴味。第八也是最难得的，便是她是一个“自由人”，她不用在文章里代什么人说话或是为什么人辩护及遮蔽。

所以这一本自传便值得我们去宝贵了。

一般读过庐隐一切的作品的，一定会说，“庐隐何必再写自传，她的作品里早有着她的供状。”但是他们不知道（我上面已说过）时光是不打庐隐心上走过的，在她的作品里，我们只会看见她不老的天真，从《海滨故人》到《象牙戒指》，我们一些看不出她年龄的增加；不错，文笔是老到了，但是她那一颗孩子的心！

我第一次读到她的作品，是她的那篇《父亲》，当时好像是发表在《小说月报》上的。我的感想是作者浪漫气息的浓厚，以及她是一位定命论者。当我最后读到《象牙戒指》，我仍是如此感想。一朵红玫瑰，两只象牙戒指，这是庐隐到人间来要讲的故事。

（本篇出自 1934 年 6 月 15 日上海第一出版社版《庐隐自传》）

1935年

格列佛游记[①]

[英] 斯威夫特原著[②]　庐隐译注

第一编　到小人国的水程

第一章　飘流到一个奇怪的海岸上

我不得不告诉你们一些我曾见过的奇怪的事情，自然，你们第一想知道我是谁，并且我是什么地方的人。我的名字是罗

① 此篇为斯威夫特的代表作，是英国文学史上优秀的讽刺小说之一，也是世界十大名著之一。庐隐仅节译其前两篇“小人国”“大人国”。原本还有英文对照及注释，此处均略。

② 斯威夫特（1667－1745），是英国启蒙运动中激进民主派的创始人，18 世纪最杰出的政论家和讽刺小说家之一。

密尔·格列佛，我生在英国，当我长成时，家人命我学医。因为我有一个周游世界的志愿，我在某船上谋得一个医生的位置。最初几次在海上所见到的事情，我用不着告诉你们。但是在一六九九年时，我乘的一只船，是驶向南海（太平洋）去的，在那个地方，我所看见的事情，就是我要在这本书里告诉你们的。

我们航行了许久，一切都平顺无事，但是有一天，忽然起了暴风雨，使我们的船失了定向，我们受了非常的艰苦，至于死了十二个人，其余的人都生了病。接着，海上乂起了雾，我们不能辨别舟行的方向，于是这船触在礁石上，劈成两半。

我同六个人，放下一只救生船，离开了那只破船；但是一个大浪头，打沉了我们的小船，我便看不见了我那可怜的同伴们了。

我不停的游泳，游泳，游泳，正当我觉得已去不了的时候，我已触着沙砾了，我知道我现在是安全了。我涉海走一英里，才达到海岸，当我到海岸时，我就倒卧在地上，精疲力竭，就沈沈的睡去了。

当我醒来时，天将近黑了。我打算起来，但是发现我的手足都不能动。我的腿和臂被细而强韧的绳，紧紧的系在地上，许多绳子横缚着我的胸部，并且系在我两旁的木钉上。我的长而浓的头发，也是照样的被系在钉上。我身体周围，环绕着一片闹声，但是，因为我是仰卧着，除了苍空与太阳而外，什么都看不见。

过了不久，我觉得一个小东西爬到我的左腿上来，渐渐的爬到胸部，站近我的颔旁。我尽我所能的俯下我的视线，我看见一个不到半尺高的小人。他的手里，握着弓与矢。

那个时候，我觉小人越来越多。这个光景，我太觉得惊奇了，便大叫了一声，那些小人便都大惊地逃跑了。据后来听见说，当这些小人从我身躯的左右部倒下地来的时候，因为撞碰着，有一些还受了重伤。但是他们即刻又走回来，仍又站在我的胸口上来看我。

不久，我扯断了缚着左臂的绳子，并且，用力一拽，系着我头发的绳子也弄松了一些。我现在能把头转到一边去。我曾希望能捉住几个小人，但是当他们看见我这样作的时候，他们逃开了。他们发出一声大喊，接着来的，便是云也似的许多小矛，向我射来。有些钉在我的脸上和左手。这使我非常痛楚，于是，我再设法想脱出身来，但是我越摆脱，他们的矛，越射得凶。后来我只好卧着不动，我想还是等到夜里，我的左手既能自由，我自然能解脱其余的束缚。

我现在听见四周的声音，知道他们来了一大群。不久，在我耳近旁有大的敲击声，才知道许多人在那里筑一个坛。

当这个坛筑好了的时候，四个小人走上去，其中有一个人，后面跟着一个从仆，替他举起他的长裙。他向站在地上的人们说话。立刻，有许多人跑上来，砍断了其余拴在我头上的绳子；于是那个人演说一大篇。自然我不知道他说些什么，我对他说话，他也不知道我说些什么。但是我因为没有吃东西，疲乏了，便作些手势使他知道这件事。

他走下坛去，一大群小人走上来，替我带了许多各式各样的肉和面包和饮料。所有他们称为大块的肉，其实都很小，我只好拿了许多块放在嘴里，才好好的得一口吃。至于说到饮料，他们带来了两桶酒，每桶各装半个“平得”，当我把这酒喝完了后，就再也没有了。他们看见我吃喝这么多，都很高兴——这些一切，在他们是太奇怪了。

不久，就来了一个人，由他的所作的手势，我知道他的地位很高。他说了一大阵话，又作种种手势，使我知道我须要到他们国的首都去——首都离此地有半英里远。

我自己也作了手势，希望他们放了我。他回答说这件事可办不到，但是把缚着我的绳子，放松了一点，我觉得比较舒服了。于是，他们拿些凉的东西抹在我受了枪伤的脸上和手上，他们又给我水喝，里面他们放了一点药，我就睡着了。

我醒来时打了一个大喷嚏，把在我胸上的许多小人都吓跑了。我现在发现我是被放在一辆车上，车子用一大串马拖着。现在，我得把我听见来的，告诉你们，关于当我睡觉的时候，他们所做的事。

似乎我现在所处的地方叫做小人国，当国王听说我在这里的时候，他就叫把我像上文所告诉你们的那样，捆缚起来。因为他们没有车子拖我到朝廷去，所以当我睡觉时，便造了一辆车。这辆车长七尺，宽四尺，高三寸。

这事做完，第二步就是怎么样把我放到车上去。因之，他们找了许多长一尺的竿，每个竿上有一个轮子，这些竿子都插在地上，然后再用绳子的一端紧系着我，一端穿过轮子。叫许多的人来拉这些绳子，于是就把我举到车上。作这件事，他们费了三点钟。当我被捆在车上时，用国王一千五百匹最精悍的马拖我到朝廷去。

一大队卫兵和我一块儿行。我们沿着马路，走了四点钟。在这些时候中，我是一直睡着的。可是有些年轻的人要看我，就走到我身上来，其中一人拿一根矛探进我的鼻孔！这个就是我打喷嚏的原因，致使他们吓的跑开了。

我们再起程，当天的其余时间以及次日的上午，我们仍是继续的前进，到了这个时候，我们将近首都，国王同他的朝臣来迎接我们。

第二章　首都的生活

我被放在这国中最大的一间房子里。在这房子里，我被铁链紧系着，可是，是这样地系着，使我还可在这房子前面，上下地走动。一天到晚，大群大群的人在这里来看我，国王同他的朝臣，都在附近的一所房顶上。

他不久，就走下房顶，到我身边来看我，可是他的马，一见我就惊了，国王用了大力，才没有落下马来。等马宁静了，国王下马，走近了我。他告诉左右的人，替我拿食物和饮料来。满载多车的食品，拿到我面前，我都吃光了，吃的时候，国王同朝臣就坐在旁边看我。

这些时候，国王手里一直握着剑，防我想摆脱了束缚。他间或同我说话，可是我自然不知道他说些什么。两小时后，朝臣都走了。但是一群群的人还是在我的左右。有些蛮横的人，向我射箭，使我一只眼睛几乎受伤。

卫队长捉住六个蛮横的人，把他们的手足都捆住，叫他的手下把他们推近我手能拿得到的地方。我捉了五个人放在我的口袋里，其余的一个，我装作要放在嘴里吃下去。他同旁边的人都大大地吃惊，当我拿出我的大刀子来时，更吓得了不得。

但我即刻就使他们安心，因为我把那人身上捆着的绳子割断，放他在地上，他就像兔子般的窜走了！对于其余的人我也照样的释放，从那时起，他们便都对我很仁慈了。

那天夜晚，要睡觉的时候，我的小友们给我搬来了六百只他们的寝床，并列地摆着了起来，让我好躺在上面，但是因为这些床太低了，所以就把我掉落在冷而硬的石头地板上。

天天都有大群大群的人来看我，我观察出来那些凡是来第二次的，国王便向他们取费。

同时，我听见朝臣作长时间的讨论如何处置我。你们知道啰，他们从来不曾见过这样大的人，其中有些人，怕把我留住的话，不久这国里的食品就要缺乏，国家就要穷了。有些人主张最好把我用箭射死，但是据说又恐怕没有方法处置我这庞大的死［尸］体。当他们正在坐着，想办法的时候，有一个人跑去报告国王，说我如何释放了那六个蛮横的人。国王听见这个消息，便决心留着我，每天给我所需要的饮食。又派了些人来侍奉我，还派了国中的学者，来教我说他们的语言。

不久，我就学会了用他们的语言说话。国王听见这消息，就来看我。我说的第一件事，就是：

“我求你，陛下，让我自由。”

他答道：

“你的请求不能办到，直到你发了誓不伤害我们，才能让你自由。你得让我派人检查你身上，是否带有伤害我们的凶器。”

我告诉他说：“陛下，这些事我都愿意照办，请你就派人来搜吧。”

他告诉我说他愿这样办，我得答应他们来检查时，不伤害他们。

因此来了两个人。我用手举起他们，放在我所有的衣袋里。他们把衣袋里所找到的东西列了一张表，送交国王，国王就来看我这些东西。

我相信你们，一定喜欢知道他们对于这些东西作何感想。但我不将他们全部的话告诉你们。

我的鼻烟盒，他们看来是一个大箱子。他们叫我掀开盖子，一个人进去了；自然，他就沉在鼻烟中，使鼻烟四处飞扬，使他们都打喷嚏。

至于我的表，他们全不知道是什么东西：他们说那是一个大球，他们看见那球上的一面有些奇怪的符号；他们想去摸他，但是摸不到。我把表放在他们的耳边，他们说好像推磨的声音。国王叫学者们去看。有些以为一定是神，有些以为一定是兽类，但没有一个能说出究竟是什么东西。

我的枪在他们看来是十分的奇怪，当我在国王和朝臣的面前，试放的时候，成群的小人都吓倒了，好像死了的样子。国王是个勇士而且很镇定的人，但还费了许多时间，才恢复了他的呼吸。

国王把我身上所有的东西保留了一会儿，可是终于还了我一大部分；但是那些枪和我的剑，还有其余的几样东西，都被扣留了，惟恐我伤害了国中的人民。

第三章　一些奇怪的见闻

当我在小人国，已住了几星期后，人民们渐渐不大怕我了。

终于，男孩和女孩们都在我头发里，玩起捉迷藏的游戏来。

一天，国王叫我看一个大游艺会。使我最奇怪的东西，是看国中的贵人们，在离地一尺高的绳上跳舞。这些人们，走上绳去，在上面跳舞和翻筋斗。在我们看来，虽是不免奇怪。可是最精于这个技术的，都是国中居高地位的人！

在这个游艺会里我所看到的东西中，还有一件事，也许是你们所喜欢知道的。国王有三根丝线，一根蓝的，一根红的，一根绿的。他伸出一根棍子，看他举得高，或者举得低，叫大臣们便或者从棍子下面爬过去，或者从棍子上跳过去，他们演得非敏捷不可，谁演得最好，就得蓝的丝线，其次就得红的，再次就得绿的。你们可想而知，看看这些朝中的重臣们，干这样的事，在我是有趣极了。

我想我现在可以给国王演一套把戏。我用些柱子和一块方布筑一个坛，我放些骑马的人在上面，使他们操演，这个把戏，国王看得很高兴。有一天，他竟至走上坛来，叫他们在他面前操演，同时，王后叫我连椅子一起，把她举起来看。

好几天一切都很顺利，但是一匹凶猛的马，终于把这坛弄破一个洞，它就从那里掉在地上，骑在马背上的人，不曾受伤，但我只得停止了我的把戏，因为我已不能相信这坛了。

一天，有些人仓皇的跑到国王面前。他们说他们发现了一件大的黑东西，看这件东西的大小，他们决定一定是我的东西。他们把这件东西带到朝廷来吗？

从他们对于这件东西所叙述的看来，我知道这一定是我的帽子；因此当国王叫他们去带来时，我很高兴。发了五匹马，去把这东西拖来，当我得到时，我发现这帽子经海陆的磨损，尚未大伤，虽然，为便于拴系绳子的原故，上面已经开了两个小洞了。

第二件的大观，是看军队的进行。为了这事，我得站了起来将两腿尽量的展开。于是军队与他们的军乐队，旗帜等，排列成行，就得从我两腿作成的拱门下面穿过。我相信，我用不着对你们说，那是一个畅快的光景。

直到现在，我还是被链子锁着；当我终于听见我要被释放时，我很高兴。第一件事我须发誓在国王许可我以前，我不离这个国土。我不践踏那些小人，我要帮助国王打战，另要做许多事情，我用不着告诉你们了。

当我一得到自由，国王便许可我遍市中去散步。这市有一座墙环绕着，有二尺半高，一尺宽，老实说宽得可以在上面行车。每十尺即有一座坚实的堡垒，在那里设有守兵保卫这城。

我脱下我的外衣，为的是怕衣的后襟，要把房子的屋顶扫掉，于是我越过这座墙。我走到大街去，每条街有五尺宽。我不能到巷子和小街上去，因为他们没有两尺宽。每所房子的屋顶上站满了小人，他们在那里看我经过。

在都城的中心，我发现了国王的住宅。在那一天我不能看完房子的全部，因为环绕着这房子有五尺高的墙，我不能跨过去，因为怕把这墙的一部分摧毁了。

我回到我的房子，作了两个脚凳，第二天我拿着到王的房子那里去。我在墙内外两面放一只脚凳，于是我便能跨过去。

我侧着身子躺下，把我脸放近窗边，我能看见王后和她的儿子们。王后对我嫣然一笑，并伸出她的手让我接吻。我遍游了之后，便回到我的房子里去。

第四章　格列佛与舰队

我被释放了有两星期的时候，朝廷中来了个大人物同我谈了很久。

他告诉我说这国里虽似乎是平安无事，其实并不如此。许久以来国中有两派人，各行一是。因他们所穿的鞋样不同，所以以“高踵”和“低踵”得名。现在拿重职者，都是“低踵”，但这两派之仇太深，因之国中的行政停滞下来。

一面，时势是这个样子，一面这国里又恐怕有战祸发生。布勒夫斯可国的人，准备派遣一大舰队到小人国来。我的朋友，于是告诉我为何这两国要打仗。

他说，从前，小人国的人打鸡蛋的时候，都打大的一头。有一天国王的儿子因为打大的一头，把手割了，于是国王便命人人都打蛋的小的一端。

有些人不愿意这样做，不久，就逃到布勒夫斯可去，那里的国王袒护他们，便同小人国打起仗来。

现在，国王就命他来对我讲，望我帮助他抵抗那快要启行的舰队。我请他传话国王说我愿效劳，立刻想出了一个方法，可以捕获全舰队。

我察出布勒夫斯可附近的海不过六尺深，我又察出这舰队有多大。我便造些铁钩，在我造的许多绳上每根安上一个。

手里拿着这些东西，我走下了海边。暂时我还可涉水而行，但以后的几码地方，就不得不游泳着去。我化了半点钟，才来到舰队的泊地。敌人看见了我，便惊骇地齐声喊叫起来，正如我的逆料，他们都从舰上逃走。我便拿着钩和绳，每只船上挂个钩，把所有绳的一端打成一个结。

当我在这样做时，敌人回来了，向我放射了如云的矛，有些射进我的脸和手上，我怕射进了我的眼睛，但是我忽然想起我的眼镜来，这眼镜，我不曾使国王知道的。我便把它戴上，丁是继续作我的工作，不再怕眼睛受伤了。

等这些做完了，我握着绳端，用力一拉，把全舰队在海中拖着走，所有这些船的人们大感忧苦。

小人国的国王和他的朝臣一直立在岸边。不久他们就看见舰队动了，但是，因为我起初不得不游泳着走，他们不能看见我，——因此，他们以为我一定死了，敌人们扬帆而来。可是，等我走到海水并不怎么深的地方时我就站起来，因而他们能看见我了。一见了我，他们便举了一声大大的欢呼。当我带着敌人舰队来到岸边时，他们待我真好极了，国王赐了我国中一个高官位。

国王对于所做的事，十分的得意起来，此刻甚至于说要我帮助他去占领布勒夫斯可全国，强迫那里的人，打蛋要打小的一头。我告诉他说我不愿帮助他这样地去使自由人民成了奴隶。他大怒了，他的大臣中，有些本来和我不对的人，看见这个样子，都高兴起来。自那时起，他们极力使国王更恨我。

当布勒夫斯可的国王知道无战胜的希望，他派了人来讲和。他派遣的人到我那里看我，并且说如果我到他们国王朝廷去，国王愿见我的。

我说我去，一天，我告诉小人国的国王，说我愿到布勒夫斯可一行。他说我可以去，但是他对我，已没有他未尝不可做到的那样亲厚了。我察出我的仇人，曾经把我对从布勒夫斯可的人所说的话，造些谣言对他说。你们在下文就可以知道，等我真到了布勒夫斯可时，那便是我回家的第一步。

现在，我得再告诉你们几件事，于是才可以述及我如何永远离开的小人国。

你们可以猜想到，我带来的衣服已穿破了，国王替我做些新衣。这便是他们量我身材制一套新衣的方法。他们叫我跪下，在我身边放下一架梯子。一个人爬上梯去，从我颈上放下一铅锤线到地板上。这样他们便得了我的衣长。他们叫我量我的腰部和臂部，其余的尺寸，他们说将照着已得的数推算出来！他们的布匹太小，等我的衣服做好了，简直像一张千补万补的褥被！

我吃饭时，许多人立在周围伺奉我。我造了一张桌子一张椅子，以便舒舒服服的坐下。当我坐下来吃东西时，我拿起许多的人放在桌上，桌边有许多有轮的竿子，轮上通以绳。其余在地板上的人，把碟子系在绳上，在桌上的人，就替我拉上来。

一天，国王和朝臣全来看我吃饭。我把他们放在桌顶，食的喝的都从刚才所述的那个法子拿上来。我吃了许多，因为我想这可以使国王高兴，但是，我发觉他，现在以为养活我所费特巨；因而这事便不能帮助我增进他对我的友谊了。

第五章　格列佛离去小人国

因我不愿再替国王打仗，国王对我便冷淡起来，这事我已告诉你们了。一天晚上我的一个朋友给我带来了一些不好的消息。他说他想我应尽我所能，快的离开这地方。

他来时没有一个人知道，我把房门关紧，为的是使谁也进不来。他告诉我的是这样：

“朝廷里你的仇人要想剪除你。他们作了一纸控状送给国王，我把他拿来了，使你可以听知。”

于是，他对我读那张控状。那上面说，我欺骗国王；说我没有遵国王的命令行事，并且我决心到布勒夫斯可，虽是国王不曾给我准许的文书。

“现在，”我的朋友说，“朝廷里已判定你的死刑。要把你的眼睛剜出来，而且减少你的食品，使你饿死。三天以内，他们要来剜你的眼睛。你要怎样措置，我让你自己决定吧。”

当我的朋友离开了我后，我躺着想办法。起初我有心把这座城给拆毁了，但是因为许多人民，对我亲厚，我不愿这样作。

于是，我想到布勒夫斯可，我送封信到朝廷，说我要到那里去几天。我不等国王给我批答，立刻动身。

我从海湾里取了一只大船，把我的衣服放在里面，一同拖到布勒夫斯可去，那里的国王和全体朝臣出来接我。我躺在地上吻国王和王后的手，并且，说我是怎样的欢欣来看他们。他们对我非常仁慈。自然，关于从我朋友那里所听来的消息，我不曾提一个字。

当我到那里三天，我看见海上有一件东西，我以为是翻覆的船。我游泳到那里，发现那是一只大型的小船。藉着几只船的帮助，我把那只船拢了岸，并且在短时间中，我们已经把翻船拨正了。

自然，我很欢喜得到这只船，我知道我能由这只船脱身。当我将此事告知国王，他说他愿帮助我装置船里的一切。

我们正在忙着这事，小人国的国王来要我。他说一定要我把手足捆起来解回去。

布勒夫斯可的国王说他不能捆束我，说我已找到一只大船，决定乘了这船离开。

整整一月，我从事于修装我的船，造了桨和桅和帆篷。当这些东西作好了，我贮备许多粮食，并且放了些这地方的小兽在船上，因为我很想把这些东西带回家去。我也很愿带些小人回去，但是国王却不许我这样做，并且为确定我不曾这么做起见，还严密的检查我。

当我已得到我所需要的种种东西之后，我与国王和他的朝臣告别。当我离开国王时，他给我几袋金币，和他一张等身的全身画像。这张画像，我拿来放在手套里，以免损坏。

于是我启帆了，两天之后，遇到一只船，正从东方开回故乡去，使我高兴极了。

当我上了船后，我便述说我奇怪的遭遇，很久时间，没有一个人以为我在说真话。直到我拿出我的货币和几只活的兽，他们才不复怀疑。

费了几个月，我们才抵故乡。在路上，一只老鼠攫了我一只羊子。我找着时，已只剩骨头了。

其余的兽，我带了上岸。把它们放在一块细的绿草地上吃草。他们发育得很好，我从那些来参观的人们那里，得到许多钱，有一天，我把它们卖了六百磅。

我的妻子看见我很高兴，但是我回家没有多久，又不能不再到海上去。于是我乘船启行了，关于我这次所看见的事情，当在我的第二编书上告诉你们。

第二编　到大人国的水程

第一章　被留在一个奇异的地方

一七〇二年六月二十日，我离开我的家到东方去。直到好望角为止是一帆风顺，但当我们到那地方时，我们的船忽然漏了，于是不得不把全部货物卸下来去修理。接着，船主生了病，因此，我们便不得不留在那里，度过严冷的冬天。

我们终于扬帆起行了。还没有走多远，就遇见一个猛烈的风暴。这暴风狂暴了很久的时间，致使我们失了舟行方向；因此竟不知道我们是在世界的那一部分。每天，一天到晚，有一童子站在桅上，探望着找寻陆地。

有一天，这个童子叫起来："陆地，陆地！"即刻我们就明了地看见一个大海岸。船停了下来，派了十二个人，我也是其中的一个，坐一只小船到岸上去看看能不能找得着食用的水。

当我们上了岸时，在附近的地方，并找不着水源，于是，大家便走起去找。我远远地，离开其余的人们独自去散步。发现了这个地方，是个不毛之土，满地都是岩石。

不久，我觉得需要休息，于是，回到我们离船上陆的地方来。当我走近这个地方时，我看见我们的人，都在那只船上，没命的向大船飞划去。

我不久就知道他们飞逃的原因。海里有一个大人，膝部深淹在海水里。他尽力地向那只船追去，但是我们的同伴们已前进不少，因此他不能追及他们，于是只好回来了。

至于我呢，我拚命往我来的路跑。于是我跑到一座峻峭的山上去，从山顶上，我看见许多长满了禾同草的田地。这草有二十尺高，我想这必是作干草用的。

其次我看到的，我以为是一条大道，可是，我发现了，这仅仅是一条穿过一块禾田的小径，那禾大约有我八倍高。至于我所见着的那些树，它们的高度，我连揣想都不能揣想了。

走了一个钟头之后，我来到一座四级的梯阶，每级有六尺高，并且顶上有一个石头，约有每级的三倍高。

自然我不能爬上去，所以我不得不在篱笆间，找一个洞钻进去，我正找着时，我听见一个声音，即刻看见在最近的田地里有一个高人，和我刚才所看见追我们船的那人一样高。我确记着那时我想他高得像一座礼拜堂，并且他每迈一步，可占十码宽。我恐惧起来，便跑去藏在田禾里，从那里，我看见他站在阶梯的顶上。他大声的喊了一声，便更有几个高人，手里拿着巨大镰刀，跑上来，动手割刈田里我躲藏着的这一部分的禾麦。

我极力远避着他们，然因禾秆互相间的距离，不满一尺，我只能挤着身体过去。可是，都还可以走过，一直等我来到田里的有一部分，这里，禾麦都被风雨摧倒了。我不能穿过这里，因为这禾秆太密了，而且禾穗上的刺穿过我的衣服，戳进我的肉去，使我非常痛。这些时候，我一直都听见那些镰刀窸窸窣窣的割刈声音！

当我看见一只大脚，更进一步，就要践到我的身上时，我这一吓也不算小。我狂叫了一声，使那人缩短了脚步。跟着，他就四围窥寻这声音的由来。

最后，他看见了我。暂时之间，他似乎并不想把我拾起来，但是突然一下他把我拾起来，放到他的眼前。虽然他握得我很紧，以至我的胁骨生痛，但是和他抵抗是没有用的。我离地的高度，使我吓得发晕，因为我想到假使从他的手指缝中掉下来时，便要发生大事。但我不能把我所受的痛苦告诉他；我所能做的，只是呻吟和哭泣，极力使他明白他握得我胁骨生痛，是怎样的厉害。幸而运气使然，他了解了我的意思，便把我放在他外衣的后部，带着我跑到农庄的头目那里去。这个人和那个拾起我的人一样，不知道我是什么。我看出他以为我的外衣是一种皮肤。他吹开我面部的头发，以便仔细观察我。于是他把我放在地上，一群人都来环绕我坐着。

我立刻起来走了一圈，取下我的帽子，给他们行了一鞠躬礼。于是我跪下，把我的钱袋献给那首领。他把钱袋放在掌上，放近眼睛，用针尖翻拨了一两次。他想不出这是什么东西。我把钱袋拿回来，倒出些金钱给他。他把那金钱放在舌上尝，又摇动了一阵，但是他还给了我，一若这些金币对他们毫无用处。

于是，他打发他的雇人们回去工作，把我包在一块布里，拿到他的家里去。他的妻子在家里，当他把我拿到她的面前，她大叫起来，连忙跑开，就好像她看见青蛙类物时的举动一般。当她看见我照着那人所吩咐的做时，她才回来，很仁慈的待我。她切了些肉和面包给我，坐下来看着我吃。她真是仁慈，还给了我一杯酒。这酒杯非常大，我得用两只手捧着。当我喝完了这酒，我放下玻璃杯，并且对他们深深的鞠了一躬。这使得他们大笑，笑声大得几乎震聋了我的耳膜了。

我曾被放在上面的那张桌子，有十码高，我尽力远离着桌边，以免掉落下去。我绕着桌子走时，我的脚被一块面包皮绊着了，我就向前倾跌，脸伏在桌上，幸喜我并不曾受伤。接着，那人的儿子，是个粗暴的十岁孩子，使我受了一惊，因为他拿着我腿，把我高高举到空中。他们立刻使他放下我，并且为了这恶作剧他左耳挨了一耳光。

我初次见了那人的猫时，声音如此的大，使我非常惊吓！我敢说这猫确有一匹牛的三倍大。起先我不敢近它，但终于跑进前去，并且很高兴地知道它并不想来伤害我。

当我们吃完饭时，保姆抱了一个婴儿进来。他刚刚有一岁。他一看见了我，便吵闹着示意，一定要把我拿来玩玩。他们把我给他，他立刻把我的头塞到他嘴里去。我大声的狂吼，他便松了手，任我掉下去，假使不是被人接住的话，我的颈子定会断了。

现在，这人回到田里去了，让他的妻子照应我，她放我去睡。我很快的睡熟了，但是，也是在看见了床离地板有八码高，宽处较高处三倍有余之后，才入睡的。

我睡了两点钟；过后就听见一个奇怪的声音，看见两只老鼠，每匹皆大得像一只大狗。它们都爬到床上，其中的一只并且向我的喉部冲来。我拔出我的剑，把它砍死。因此，其余的一匹逃走了，虽是我在它的背上猛砍了一刀。当那只鼠逃后，我量一量这死鼠的尾巴，察出共有两码长。

女主人进来时，她非常地害怕，但是我让她知道我不曾受伤。于是，一个人拿一副火钳，钳起这匹死鼠，把它抛出屋外去了。

第二章　展　览

现在我同我的新朋友已更觉熟习，他们都对我亲厚，尤其是一个女郎，那就是寻到我的那个人的孩子。她还不满十岁，但是第一夜里，她就为我作了一张小床，放在一个架上，为老鼠所达不到的地方。

这女儿对我非常好，她给我做各种新衣服，教我说他们那里的方言，实际，一切我所需要的东西，她都替我做了。我简直可以说我在这个国里时，自始至终，都是她在照护我，我终至于视她并且呼她为我的小保姆。

我在这地方的消息不久就传播出来，一天晚上一个老人来看一看我。这个老人看过我后，立刻对那个找到我的人说：

“你最好是把他给人展览，假使你这样作，你定可发财的。”

“好想头，我立刻就这样办。”那人说。

自然，我听了这个消息是不高兴的，但我能怎样办呢？

于是第二天我被装在一只箱子里，放在马的背上，那人和他的女儿带我到附近的城市去。当我们到了那里，我们进了一个旅店，我被放在一间大屋里展览起来。他派了一个人，把这消息传播到全城，让人们知道我在那里，立刻便来了一大群的人来看我。

我的保姆站在我的近旁，我不得不说一两遍话，那是他们预先教我的。于是我舞刀，直到可以停止的时候。好几个钟头，我都做同样的事，当夜晚来临时，我才高兴了，因为那时候我可以回去了。

我休息了三天，才回复了我的气力，以后，我就没有得着休息，因为天天都有大群人到家里来看我玩种种把戏。

后来这个人决心把我带到首都去。我同我的保姆骑在马上，把我放在一只精美的箱子里，紧系在那女郎的腰上。于是我们出发了。我们经过每一个城市，我都要被展览，我作了如此多的工作，当我到了首都时，几乎要累死了。

当我们到那里几天之后，那个人看见我因为劳苦，十分消瘦了。他以为我一定快要死了，于是他决心，有机会便把我卖掉。

正当这时候，从朝廷里来了一个人，说王后想要看我。我去了，王后非常仁慈，至于问我愿不愿住在朝廷里。我深深鞠了一躬，说我非常喜欢住在那里，倘使那个带我来的人允许的话。

其次，就是去查出他是否真要卖掉我。因为他想我快要死了，他很愿这样做。我告诉王后，我要我的保姆同在一起，这使我非常快乐的，王后便许可了。

王后把我带到国王那里，他拚了老命，都不能认出我是什么东西。他起初以为我是时钟的一部分。但当我向他说话时，我能看出他的想头已经变了。

他召了三个学者来看我。他们从一副镜子里观察我，但是不能断定我是什么。他们相信我不是一个矮子，因为皇后宫里所蓄的矮子，都有十码高，而我呢，仅仅两码高，那么我是什么呢？

最后，我告诉他们，我的生地，我故土的人，都同我一样。我费了一些时间，才使他们相信我说的是真话。

当我把他们的疑惑解去之后，王后为我作了一个精致的新箱子。这箱子有一个门，两扇窗，屋顶上装了一个机枢，因此我可以举起这屋顶，使我的床铺可以透空气。在这箱子里，放着椅子和桌子，和我装衣服的匣子。墙上铺着软的羽绒，因此，当他们用马车把我载出去，这个箱子受了震动的时候，我也不致受伤。

第三章　宫中生活

生活现在是充满了快乐。王后尽她所能的照顾我，渐渐如此爱我，以至于要我每天同她一处吃饭。我自己的桌子放在她的桌子上，我坐在那里吃我的饭，用一套新制的盘子，小刀，小叉，都是特别替我设置的。

有一事使我忧愁的，是王后的那个侏儒对待我的方法。他确是一个奇异的侏儒，因为他有十码高。我很快查出他不喜欢我。他想种种方法戏弄我，因为他那么大，我所能作的，只是嘲笑他，拿种种名字呼他。

一天我们正坐着吃饭，他爬上王后的椅子，一把抓住我的腰，把我投在一只盛着乳酪的大碗里，便拚命地跑开了。假若我不善于游泳，我也许已经被淹死了。实情是这样，我的保姆前来援救我，但当她拽我出来的时候，一葛尔脱的乳酪已经灌进我的喉管里，使我喘不过气来。

但是我没有受伤，我很高兴，当我看见他们打那个侏儒，并且罚他把剩在碗里的乳酪喝了。

我现在，得再告诉你们一桩那侏儒对我的戏弄。王后喜欢吃多髓的骨头。一天，当所有的髓从一根大骨头里取出来的时候，这个侏儒捉住我，把我尽量地深深的投进骨头里，让我塞在那里。

没有一个人看见他作这件事，而我又很自尊不屑呼救。我黏在那里一些时候，不能动弹。幸而那骨头是冷的，否则我早已焦头烂额了。实情是这样的，当他们看见我把我取出来时，我的衣服完全污损了。

当热天来时，苍蝇们把我苦死。它们不是像我们在家里看见的那种小东西。它们大得像云雀，并且营营哼哼地，在我耳边叫，使我不能安息。它们停在我的脸上，刺我，直使我非常痛苦。使我无时不在和它们争斗。我用我的刀子对它们乱砍，于是王后在旁边看着发笑，并且问我是否我国的人，都像我这样怕苍蝇。

当苍蝇离开了我时，黄蜂又来了，这东西更坏，它们的刺，蚤［螫］得我更非常痛。我回想起有一天我的箱子挂出在墙上，我在里面坐下吃一块甜的糕。突然一群黄蜂飞进来，趋集在我的糕上。有些蜂捉了些起来挟了飞去，其余的蜂在我头的四周飞，我便大怕起来，怕它们刺我，我抽出刀和它们交战。我砍死了四个，倒在地上；其余的都逃了，我立刻关了门，不让它们进来。当我取出四个死蜂的刺时，我察出它们有一英寸半长。这些东西我带回家来，展览了一个长时间。

我敢说，现在你们想听听关于这大人国和它的首都的一点情形。因为，当我和王后在一起的时候，我曾屡次遍游这地方，我能告诉你们我看见些什么。

我查出大人国是一块狭长的地，一面被一列大山，把它和其余的世界，互相隔绝起来。山有几英里高，时常发火；环绕着其余三面的海，充满了暗礁，就是他们的小船也不能出到海里去，因此他们同环绕着他们的大世界，没有贸易。在所有的海岸上，没有一个港口，船只在河里航行。这些河里满是大鱼，那鱼便被捉来充食品。在我看来以为非常奇怪的事，是环绕着这地方的海里的鱼，和在别的海里所看见的，大小相同。因为它们这样的小，所以这里的人，不去捉它们，虽然，我尝有一次确见一碟小鲸鱼，放在国王面前。

首都被通过该地的一条河流，分成两半。这河不足六十英里长，有两英里半宽。

国王的房子很大，周围七英里。主要的房间高至八十码以上，厨房的高度，至少有三百码。炉灶论它的大小恰似一座礼拜堂，至于我在那里所看见的炉灶用的铁格，和壶罐，锅等灶具，和大块的肉，一起都大得竟使我不敢向你们说，因为我敢断定你们一定不以为这是真的。

第四章　奇地里的大冒险

虽然我在大人国是很快乐，但以那地方一切的情形而论，我是这样小，因此无时不冒着可以受伤的危险。比如，有一天，我的保姆带我到国王的花园里，把我放在苹果树旁。当我站在那里的时候，王后的侏儒来了，我对他说了几句话，这话我现在想起来实在是不应该的。自然，他很不高兴，于是四周的探看，看用什么方法来处置我。忽然，他捉住一棵树子尽力摇撼。苹果落了下来，每只苹果大的像大桶一般。有一只苹果打中了我的背，于是我平仆在地上，但是我可快乐的说我没有受大伤。这弄臣被捉了，但是这次因为全是我自己的错，我告诉他们放了他，他们照办了。

一天，我的保姆带我出去，放我在一块平滑的草地上。我在那里没有多久，而浓厚的云密布天空，天色渐渐昏暗，并且下起雹来。这些雹块非常的大，致打得我倒在地上。我躺在那里一些时候，在这时候中，雹块掉在我身上，使我非常疼痛。后来，我用我的手和膝向前爬，直到我来到树底下，那树可以遮住我的身体不使雹块打着我。虽是这样，我从头到脚都受了伤，因此我只得在家里养息了十天。

后来，我好了出去的时候，所碰到的只是更多的不幸。当我靠近一些树子，躺在地上，以避免太阳的曛晒的时候，来了一只小狗。这小狗虽然在我看来是够大了，而我称它为小狗，因为这只狗在这地方的土人看来，仅仅是一只乳狗。这只狗向我跑来，把我衔在他的嘴里，带着我跑到它的主人那里去，他看见我被衔在他的狗嘴里，吃了一大惊，幸而那只狗曾经训练好的，不然，我就得受重伤，我的衣服也要被撕碎了。事情就是这样，当它放我在地上，我的呼吸闭住了，一个字都说不出，那主人便用两手把我拿起来说，“我希望你没有受伤吧?”不久，我恢复了原状；于是，他把我带去交给我的保姆，她正因不能在适才放置的地方找着我，十分的害怕。当她看见我平安而健全，她大喜过望，但是从那天起，她不让我离开她的眼前了。

我早已想到她决心要这样办，因此，使我把［赘三字］当我独处的时候，〈把〉所发生的许多事情，隐瞒着她。曾有一次，一只鸢鸟来攫我，倘使我不拔出剑来，我确信它一定把我捉住飞去了。又一天，我跌在一个老鼠穴里，陷及我的颈子，把我的衣服，弄得非常糟，使我非常害怕人们要讥笑我。又一次当我出去散步，我被一个蜗牛壳弄破我的脚胫，因为我不曾看见它在我的前面。

大人国里鸟儿的庞大，把我吓住了。它们是如此其大，因而并不怕我，并且围着我跳跃。一次，一只燕雀从我手里喙［啄］了一块糕飞去了。假使我要想抢获几只这些的鸟，它们便要转向我，啄我的手，因此我不敢拢近它们。

但是，有一天，我拿了一根粗棒，用我的全力向一只红雀扔过去，那红雀，简直像天鹅一般大。它跌下树来，我用双手捉住这鸟的颈子，跑到我的保姆那里去。但是这鸟没有死，很快的回复了它的呼息。虽然我伸直两手，隔着一臂之远地捉住它，因而爪子抓不到我，可是它不住的用翅膀扑我，使我觉得非放它去不可。后来，一个人跑来，拗着它的颈子，于是第二天我得这只鸟吃了。

我屡次告诉王后我在海上的生活，有一天她便对我说：

“朋友：你知道怎样航船吗？你能张帆握桨吗？”

我告诉她我能做这些事情，她便说：

“你愿不愿意去划船呢？”

我告诉她我高兴这样做，但是他们所有的船，对于我都太大，而且我所需要的船，在他们的河流里，又太小了，不能用。河流里的水，老是那么的汹涌。王后说：

“假使我找一个人帮助你，你想你能造一只合你用的船吗？”

我告诉她说我很容易造成。于是第二天，一个人同我开始工作了，十天后，这只船造成了。当这只船完成时，国王与王后说我得试试这船，于是叫用人取一只满装着水的水槽来，我被放在船里，船被放到水槽里去。但是这水槽太小了，我不能显我的本事给他们看。于是王后另造了一只木制水槽，有三百尺长，五十尺宽，八尺深。这水槽放在一间附近王后自己房间的房间里。在这里有一个放水的龙头，当这水陈久的时候，就放出去，而在半点钟之内，两个人又可以把水槽的水装满。

在这里，我玩了许多时间；王后同她的侍女们便走来望着我坐船。有时我拉上一张帆，于是我只须把舵就行。同时王后同她的侍女们，便用他们的扇子，给我一阵大风。若果她们这么做倦了时，便召一个或两个小僮进来叫他们吹气在我的帆上，当我做完了，我的保姆从船里把我拿出来，这船，她就拿来挂在一颗钉子上吹干。

有一天，当我在我的船里时，受了一大惊，那个注水入槽的人，不知怎样，让一只蛙从他的水桶里滑了出来。这蛙，藏伏着，一直等我被放在船里，于是爬在船边使这船偏在一面，偏的如此厉害，致使我不得不尽我的重量侧重在另一面，使这船保持平衡。接着，这蛙便冲到船中来了，并且向我用力一跳。我握住我一只船桨，用劲的打了青蛙几下，才使它跳出船去了。

第五章　被一只猴子捉住

我想在这国里，我所碰到的最凶的险事，是从国王家里蓄着的猴子那里来的。一天，我的保姆把我关闭在她的屋子里，她出去散步。自然我是在我的大箱子里，但因为天气暖，所以门和窗都是开着的。

我被关起没有多久，就听见一个大声响，就好像有人进了这屋里来，并且决心凡他手所能碰到的东西，都将要尽数毁坏一样。自然我是怕极了，不知道是什么人，还是什么东西。但是，我仍出到我箱子的门外，看了一看，而我所看见的东西，就使我快跑回来，并且，尽力藏到我箱子里最善的地方。因为在那刚好靠近门的地方，站着一只大猿猴！

暂时他没有作别的，只向我的箱子里窥看，我是非常惧怕，惟恐他将看见我。后来他确侦见我了，就放进一只爪子，就像猫同老鼠戏弄时的举动一样。暂时我躲在他及不到的地方，或者往来闪避，躲开他所向的地方。但是他已决心要捉住我，于是陡然地他向我一抓，抓住我的外衣的后襟。随即把我曳出来，用他的右前足，把我拿起来。接着，他把我拿贴着他的胸部，当我做出像要挣脱时，他把我这么紧紧地一握，使我以为还是降服的好。

他于是拿我坐了下来，暂时间，他所做的便是摩抚我的面部。忽然，从房门口来了一个大声响，就像有人要进来似的。这猴一听见声音，他用力一跳跳出窗子，向着屋顶上去。他仍把我握在他的大掌里。

正值我们出去的时候，我听见我的保姆进屋来了。她看见我在猴子的蹯里，吓的大叫一声，便引来一大群的人，来看究竟有了什么祸事。

至于我，当这个猴子到了屋顶的时候，把我放在他的膝上，给我些少他随身带着的食物。当我不吃那些东西时，他拍了我一下，这使地上那一群人哄然大笑！自然我不愿意人们嘲笑我；但我怎么办呢？并且我确信他们不能不笑，因为站在旁边，看猴子喂人吃东西，一定是绝妙的趣事！我恐怕假设我也是这一群人中的一个，我也禁不住要笑的。有些人用石头掷这猴子，但因恐怕要打碎我的头，所以被阻止了。

于是，有几个人搬了梯子来，当猴一看出也许会被捉住，便放我滚到屋顶的边沿，飞快的逃去了。我坐在这里一些时候，但后来一个年轻人爬到梯子的顶层捉住我，把我放在衣袋里，带我下来了。

遭了猴子的紧捏，我是非常软弱而疼痛，便不得不睡卧几天。每日国王王后及全朝廷的人，都使人来探看我的伤势是怎样了；并且王后亲自来看我不止一天。当我听到那猴子被处死的消息时，我很高兴。

当我好起来的时候，我去见国王，他向我百般取笑。

对于这事我说：

“陛下，在我的国里，除非陈列供人观览外，我们不养猴子的，而它们也不至于像这带着我跑的猴子那么大。”

“而且，”我大声的说，眼睛露着凶狠的样子，并且把手放在我的剑上，“当时只要我想到的话，我便要拔出我的剑，痛击他一下，使他但愿如来时那样赶快地逃跑了。”

国王与朝臣们，只向着我大笑。

第六章　一些更大的事情

在我闲暇的时间，我造了两张木头架子的奇怪椅子，长椅子的坐位与椅背，是用长发作的，这发是从王后头上得来。椅子作好时，我送给王后。她把它们装在她房里的一个匣里，给来看她的人们看。大家都说我作得好精美的东西。一天，王后叫我坐在其中的一张椅上，但是，我说我宁愿死，不敢坐在从她头上拿下来的头发上，这话我知道使王后十分欢喜。

我又拿王后的头发，制了一只小钱囊，有五尺长，钱囊的一面，用金镶成王后的名字。这个，她叫我送给我的保姆。我恐怕这东西用来作装饰的多，而实用少，因为它的坚实力，实不能容他们所用钱币的重量。但她仍将女孩所喜欢的小玩具，装在里面。

国王欢喜音乐，当乐队演奏的日子，我的保姆便带我到朝廷里去，把我放下，使我可以听见他们演奏。声音这样大，使我不能辨别音调，许久我的耳壳完全被震聋了。我便坐在我的箱子里，放下窗帷，把门关紧，才能觉得这声音并不坏。

我想我愿意有一天为国王演奏。当我是一个小孩时，我曾经学过弹瑟，因我保姆房里有一支，我决心给国王王后演奏一曲。我知道那是一件困难的事情，因为那支瑟有六十尺长，每个音键有一尺宽，把它们捺下去的时候，我得用拳头剧烈地给它一击。

我不久想出了一个法子，实现我的愿望。我得到两根鼓槌，在瑟的面前，令人放一张长凳。我站在凳上，尽我所能快的东奔西走。每一步我用我的槌子重击音键。于是好好地试弹了一曲舞调，叫国王王后，高兴极了。

这个奇怪国土的东西，一切都是如此的大，这个事实，使我颇难做我有意做的事。刚才我已告诉你们，我是不能不怎样地去为国王演奏，现在，我要告诉你们当我要读书的时候，我不能不做的举动。那地方的人，很早很早就已知道印刷术，但是，我确信在全世界里，没有别的地方，能找得到如我在这里所看见那样大的书。

我告诉国王我愿意读些他们的书，他说，所有在他房子里的书，我都可以自由去读。但当我来读那些书的时候，我察觉它们如此大，我不得不预备一乘二十五尺高的梯子，每级五十尺长。我愿意读的书，搁置在屋里靠墙地方。于是我走上梯级，从一页的上端开始读，从左边到右边，直到一行的末尾。自然，我每读一行，我就得走下一级，一直到最后，我读到一页的末尾，于是我重又走上梯子的最上级，另翻一页来读。因为书页是和硬板纸一样厚，所以翻起来还容易。自然，这是种困难的工作，但藉此方法，他们的书，我读了颇多，而且关于这地方人的知识，我也学了不少。

第七章　想　家

很久我就常想什么时候可以回到故乡，我探索了各种使我得以回去的方法。我虽在这地方很快乐，但我时时起极大的恐怖，因为我无时不在冒着生命的危险。若果一只青蛙或一只乳狗，把它的脚放在我身上，无疑的我就会死的。

但是，我脱身的时期，并不如我所预料的那样辽远，现在我要告诉你们我离开大人国的经过。

当我在那里，已经两年的时候，国王与王后到南方海岸去旅行。自然我在我的箱子里同他们一同去。当我们到了这个海岸时，我伤了风，我的保姆生了病。因为我们傍近海，我想我愿看海，因我知道假使我要离开这地方，大抵必须取道于海。

于是我假装病得更厉害，而告诉国王说我相信海上空气能于我病体有益。他告诉我说那小僮可以带装着我的箱子到海边去。我的保姆舍不得我去。这事我现在看起来，她当时一定想到我不再回来了。

然而我仍是去了，等我们来到海边我久久的望着海。不久我觉得很难过，我告诉小僮我要到我箱子里去躺下。所以我进去了，他关上门，我就睡觉了。其后我觉得的第一件事，便是我的箱子极快的正凌空而起。我大声的叫喊，但毫无用处。当我向箱子外面一看，我所看见的只是云和天，我又听见一种声音在我上面，像鸟翼上发出来的；我忽然想到，这是一只大鸟衔着我的箱子上的环。我现在非常恐惧，耽心这鸟会让这箱子落在岩石上。

我正在想或者竟有这样的事情发生时，我觉得我的箱子一直的落下去，落得非常的快，致使我几乎失却呼吸。后来，砰然的一撞，那声音震得我的耳壳发了一阵聋。于是满目昏黑了。

当光线回来的时候，我查出这箱子是平正的浮在海里。箱子原来造得很精，所以没有浸进多少水来，这正是我的幸运。

我把箱子的盖开退下来，放进空气。虽然我暂时是平安了，我知道有许多足以制我死命的危险可以发生，我看见水屡屡的渗进来，我竭力把漏的地方堵住。我一直怕着一扇玻璃方格会破。

我在这种情形之下，过了四点钟，才听见箱边有一种声音，并觉得猛力的一曳。这箱子很快的从水里穿过，我确信是被一根绳子拴住。我跑到我的一把椅子，取下把它钉在板上的螺钉，把椅子恰放在屋顶上的盖子底下。于是我爬上椅子，叫喊道

"救命呀！救命呀！"但是没有一个人听见。于是我放一块布在一根棍的末端，穿过盖子，这样一来，假使附近有船，水手们就会知道箱子里关着一个可怜的人。

但是我所作的事都等于白作，一点钟间，我的箱子仍是一样的高速度穿过这海。陡然箱子撞到些硬的东西。我想这一定是块崖石，我深恐危及生命。

跟着，我听见一种声音在这箱子的顶上，好像是一根绳子穿过箱子的环。于是我觉得这箱子从海面升起，确知我终于被人发现了；我再穿出我的旗子，大叫："救命呀！救命呀！救命呀！"直喊到我的声音发哑。

我心里喜跃非常，当我听见我所耳熟的方言，叫道："你平安了！你平安了！"

我的箱子被紧拴在船上，我告诉他们让我出来。

"立刻就来了。"他们说，"叫一个人把箱子锯开一个洞。"

"用不着那么办，"我说，"只叫一个水手握住这环，把箱子拉到船上去，放在船长的屋里。"我曾在大人国住了这么久，我心里还一时想不到我现在是和我同类的人接触。当水手们听见我请求他们这样做，他们自然哄然大笑，以为我是疯了。因此他们锯了一个洞，放下一乘梯子，不久，我就站在甲板上，健全而平安。

水手们完全莫明其所以。便好像一群蜜蜂似的围着我，问我究竟怎样会关在箱子里。在我看来，他们都是这样藐小，使我莫明其妙，因为你们知道的，我不曾见过像他们这样小的人，已整整两年了。

但是当这个时候，我因为十分疲乏，不能告诉他们什么。

我被放在床上，好好的睡了一顿。当我醒来时，我发觉水手们把我箱了里所有的东西取出来放在船上。

我吃了些食品和饮料，于是船主说想听听我的经历。他曾看见我的箱子在海里，曾看见我的旗子，才打发一只船去看这到底是什么意思。当他们看见这箱子像一所房子，他们便设法移到船上来。

“现在，”他说，“告诉我，你怎么会在这里面的?”

“先生，”我说，“在你看见我的房子的时候，你曾看见空中有些大鸟吗?”

“有三只，”他告诉我，“但是那些鸟，看来并不大过于这类鸟应有的大。”

“然则我们离陆地有多远?”

“三百英里，”他说。

我告诉他那定没有这么远，因为当这鸟丢下我的时候，我离开陆地不过两个钟头。

他听了这话，对我惊异的看着，叫我回到床上去睡。我知道他心想我是疯了。我告诉他说我确是和常人一样。于是，便直述出我奇异的经历，我很高兴他觉得我所说的是真的。我放了些我箱子里的匣中的东西在他面前。一个是梳子，这是我用皇帝剔须时，落下来的胡须制成的。

我还有四只黄蜂的螯，和王后的一支金戒指，那戒指是他曾套在我头上的；还有一颗人牙，更有许多东西。我告诉他说他可以拿这个金戒指去，但他不想要——他所要的，仅仅是那个一尺长的牙齿。

他说他愿意知道为什么我说话要这样大声——是不是这奇

怪地方的人都是聋子吗？我告诉他我从前不得不大声说话，因为假使我不如此，那些巨人这样高，他们就不能听见我的话了。

在我把这一切事都告诉他的时候，自然，这船是不停地继续进行。不出九个月，我们来到英国，我便同那些对于我很仁慈的水手们告辞，回到我的家里去。

一切事物，我都觉得奇异。我觉得人们都渺小，觉得每一举足就要踏着他们似的。因此，我常叫他们让路，为此和人闹架，不只一次了。

当我回到了我的家里，我弯着身子走进门里，恐怕要碰着我的头，虽然，我自然是没有屈着身体的必要。我的妻子跑来吻我，我弯身下去，因为我以为够不到我的嘴唇。我的孩子跪在我的脚前，但是我看不见她，一直到她起来。你们看，在大人国里，我老是不得不仰着头，所以我的头，便固定成那种样子去了。

实际我作了许多奇奇怪怪的动作，以致大家都以为我是疯了。但是日子渐久，他们才明白我是一点没有毛病。虽然我的妻子说我不应再到海上去了，我可以说我还去过两次呢。如果有时间的话，我将告诉你们所发生的事情。现在既没有时间，我不能不在这里，作一个终结。当你们长大的时候，我相信你们将读到我在更奇的地方，所过的生活的故事。

（本篇于 1935 年 3 月由中华书局出版单行本，为“英汉对照文学丛书”之一）

附：

《格列佛游记》序

李唯建

记得斯威夫特（Swift）在致蒲布（Pope）书中有这么几句话："我憎恨的是一切民族，职业，与党派；我极爱个人。比如说，我恨律师这行人，但我却爱某律师与某法官。"自然，斯威夫特身当英国那种守旧，矛盾，迂阔的十八世纪，满腔愤怨，无法发泄，加以自己又抱着绝大的野心，在宗教与政治上都不能行其所愿，遂逼成了他在文坛上那种简劲的笔调和讽刺的思想。

《格列佛游记》共二十四篇，本书仅取其前二篇，即小人国与大人国，从字里行间可以窥出作者犀利的作风和孤僻的个性。但这本书决不仅以其能冷嘲热讽而为我们所赞赏；它实具有《鲁滨逊飘流记》的鲜明的想像和《天路历程》的热挚的宗教。至于其中讲到善恶的判别，尊卑的区分，更显出作者的社会观察的深刻，但时常把人类全体放在卑恶的圈套中，殊觉其偏见过甚。

译者庐隐女士从未执笔翻译，因鉴国内创作之浅薄，以为有藉西洋文学为鉴镜的必要，又目睹翻译界之一团黑气，遂毅然执笔。现在姑不论其成绩如何；我以为她能从创作十年的经验中体验出翻译之有必要，因而从事：这不能不算是她的文学生涯中的一个纪念，但不幸上天妒才，不使永年；从此国内少了一位创作上的健将，在翻译界虽然庐隐并未占何地位，但将来的光彩谁又能预料呢？

李唯建序于上海　三月十六日

（本篇出自1935年3月中华书局版《格列佛游记》）

都市风景线

日本的风景，久为世界各国所注目，有东方公园的美誉；再加上我爱美景如生命，所以推己及人，也先把“蓬莱”的美景写出以供同好：

（一）西京　西京风景清幽，环山绕水，共有四座青山——吉田山，睿山，大文字山，圆山。四山中睿山最高，我们登睿山之巅，可窥西京全市，而最称胜绝的是清水寺，琵琶湖。

清水寺在音羽山之巅，山上满植翠柏苍松；在万绿丛中，杂间几枝藤花，嫩紫之色，映日成彩，微风过处，松涛澎湃，花影袅娜。我独倚大悲阁的碧栏，近挹清香，远收绿黛，超然有世外感。庙宇之前，有滴漏，为香客顶礼时洗手之用。漏流甚急，其声潺潺，好象急雨沿屋沿而下。

琵琶湖是西京第一名胜。沿江共有八景。我们在五月七日的那一天泛棹湖中，时正微雨，阴云四合，满湖笼烟漫雾，一片苍茫，另有一种幽趣。后来雨稍住，雾稍散，青山隐约可辨。远望诸峰，白云冉冉，因风变化，奇形怪状，两眼为之迷离。

后来船到石山寺，我们便舍舟登岸，向寺直奔。此寺也在高山之巅，仿佛中国西湖之灵隐寺。中多独干老木，高齐庙阁。院中满植芭蕉，被急雨敲击，清碎如弄珠玉。

傍晚雨止雾收，斜阳残照，从白云隙中射出，照在湖面上，幻成紫的粉红的嫩黄的种种色彩。我们坐在船上，如观图画，不久斜阳沉入湖心，湖上立刻幂上一层黑幕，青山白云，都隐入黑幕中，但数点渔火犹兀自含情向人呢。

（二）日光　日光乃日本景致最好的地方，日本人有句俗话说："不到日光不算见物，"日光的身价可想而知了。

日光共有十六景，其中杉并木，中禅寺湖，雾降泷，里见泷，中禅寺湖大尻桥几个地方更自然，更秀丽；不过最使我不能忘怀的还要算是华严三千尺的大瀑布了。

当日游华严，往还走了六十里路，辛苦是最辛苦，而有了这种深刻的印象，也就算值得。在华严泷的背后，还有一个白云泷，我们到了白云泷，看见急水如云，从半山中奔腾而下，已经叹为奇观；及至到了华严泷，只见三千尺的云梯，从上巅下垂，云梯之下，都是飞烟软雾，那有一点看出是水。这种奇妙的大观，怎能不引诱人们忘记人间之乐呢？

（三）宫岛　宫岛乃日本三景之一，所谓三景：是松岛（在北部）、天之桥及宫岛。我们于黄昏时泛舟海上，碧水渺渺，波光耀霞，斜阳余辉，映浪成花；沿海青山层叠，白云氤氲。在海上游荡些时，又登岸奔红叶谷。这时微风吹来，阵阵清香，夹路松杉峥嵘。渡过一小红桥，就看见红叶如锦，喷火吐焰，真是妙境；便是武陵人到桃源，恐怕还要叹不及此呢！

“蓬岛”称绝的三景，我只到了一处，未免是个憾事；不过在日本住了一个多月，游了八九个地方，无论到那处，都没有感到飞沙扬尘满目苍凉的况味；就是坐在火车上，也是目不断青山的倩影，耳不绝松涛的幽韵，更有碧绿的麦陇，如荼的杜鹃，点缀田野，快目爽心，直使我赞不绝口。

其实中国的江南川北，也何尝没有好风景，何值得我如是沉醉；但是“蓬莱”另有“蓬莱”之景，其潇洒风流，纤巧灵秀，不可与中国流丽中含端庄的西子湖同日而语。所以我虽赞许蓬莱之美，亦不敢抹煞西子湖之胜；燕瘦环肥，各有可以使人沉醉之处呢！

（本篇最初作为《扶桑印影·风景》部分发表于1923年4月1日丙辰学社《学艺》杂志；1935年4月，由王定九改题为《都市风景线》，选入上海中央书店版《当代女作家随笔》集。因个别文字与《扶桑印影》有出入，故仍收入本全集）

附一：

我和庐隐的初次见面

李唯建

难忘的是那初春的天气，一张忧郁的脸和流利清脆的国语。

大约是星期五下午罢[①]，我去找一位老先生[②]，在他的书桌上偶然见到一本月刊，这杂志又小又薄又不美观。他告我一位新诗人和一位小说家在负责编辑。[③] 提起这位新诗人我早就有点交情的，至于那位小说家，我却愿结识，便乘机求这位老先生介绍，但他似乎脸有点难色，说道："我和庐隐女士虽是同乡，也曾谈过几次，但那已是几年前的事了，如今给你介绍，未免突兀一点。好在我有一个朋友同她很熟，常在一起，我托他替你介绍，好不好？"

又感谢又高兴的我答应了，约好星期日上午十时在那位朋友家里和这名满全国的女小说家见面。

---

① 查即1929年三月初三，公历4月12日。

② 指林宰平（1879—1960），闽人，北大教授。

③ 即《华严月刊》，系由诗人于赓虞和庐隐合办的刊物，1929年1月创刊，9月停刊。

那时我住在北平西直门外，离预定介绍的地方约二十余里，并且我又正沉溺在〈幻〉想中，一切事情都懒散，不振作，所以，虽然约定上午十时，但我到城内已十一点半；到聚会的地方，已近正午了。

一按电铃，里面马上有人应声，大门开了，一位约三十许很活泼的绅士迎上前和我握手[①]，一面走，一面说："庐隐已经来了很久了！"

这位朋友让我在客厅里等一会，不久听见石阶上橐橐的足音，随后出现在我眼前的是一位身材不高，满面愁容，穿黑色缎袍的中年女士。[②] 经过这位朋友笑嘻嘻通了姓名后，她略略点头，露出一些不豫之色来。我已经明白了这幅［副］脸上的表情都由于我的疏散不守时刻所致。

她坐在窗的那边，我靠近窗的这边，介绍人坐在离我较近的椅内。不等我先开口，这朋友便和我畅谈起来。我一面谈一面不时去觑我们的小说家，她正拿着一根铁钎玩弄着没有升火的炉，似乎不愿与我接谈，大有拒人千里之外的气概。后来我先问她最近有何创作，并谈已经拜读了《华严月刊》创刊号。她的回答比不启口还更冷淡。我骇着了，心想难道女小说家就这么不能使人接近吗？

不久这朋友因事走出去了，我和庐隐才正式谈起话来。记得我问她的第一句话是"女士为甚么这般深沉的悲哀？"她不曾

---

① 很活泼的绅士，即瞿世英（菊农），文学研究会发起人之一，教授，文学翻译家，教育家。曾为庐隐《曼丽》集作序。

② 庐隐和李唯建初次见面是于1929年三月初五在瞿世英家。

给我什么答覆，只说这是各人的主观，不能勉强的。她又说这里面的奥妙与她已往的生活在在相关，此刻不便多谈。

温和的阳光从嫩绿的柳条射到她的脸上，显出一种异常郁抑的神情，我的脸也阴沉下来，似乎与她表同情。我想无论她多么悲观，我都要从痛苦的深渊中把她救起，而且当时颇有自信心，所以便胆大的对她说："女士，我从前也很悲观，后来渐觉这只是杜然，自己才发誓要征服命运，与世界宣战，建设一个地上的乐园。我的理想是约二三知己寻找一个幽静的所在，写自己的东西，读自己爱读的书……"

还没有等我说完，她连忙抢着说："我在求学时代也曾有过这种幻想，后来人生的经验和命运的坎坷告诉我这是一场梦吧［罢］了，你可看看我的处女作《海滨故人》，就知我少女时代的希望如何高超远大！"

我又辩护说："做人本来就无多大意味，不过既然当了一世人，就得寻找一个真正的人生——即是将全世界全人类包容在我心中，去实现美满的理想，比如释迦牟尼最初出家时因目击生老病死的惨象而感到生的空虚，但后来他在菩提树下成了正果，于是他觉得这人生这世界又是个多么可爱的东西。

她一味倔犟，不以我的见解为然，便不耐烦的说："这问题很复杂，世上的形形色色在各人眼里映出的现象不同，况且我又是带上一幅［副］有色的眼镜去看的呢。"

她仍不停的玩弄着火炉钎，伸进炉里，似乎想使死灰复燃，正如她何尝不想重温她那美满的旧梦。于是我看见一抹微红掠过她的腮上，但一霎时又消了。

这时我离开窗边走到一张写字台前，顺手翻阅一些零乱的书籍；她也起身来到书桌那边。我才告诉她我新近写完一首长诗《祈祷》，其中有我的人生观，希望她能赐览。她写了一个住址给我。我接过这纸条，笔迹如此健劲如此锋利，使我不禁佩服她的个性和勇气。

我们谈话虽不多，但不知觉中已过了一个多钟头。客厅门外不时闪过一个人影，我才蓦然想起大概他们在等她吃饭，说不定还有别的客人在座呢，便马上告辞。她送我到二门点点头，苦笑了一下，转过身子，脚步又重又快地溜走了。

坐上了洋车，在颠簸中，那副忧郁的脸，初春的天气和清脆流利的国语又涌上了我的眼里耳里。

廿四年双十节上海

（本篇最初发表于 1935 年 11 月 5 日《时代画报》第 8 卷第 10 期）

附二：

吟怀篇[①]（节录）

李唯建

…………

在平结识黄庐隐，评诗论文心相印。
君已蜚声文坛著，我则登门骥尾附。
清华园里撷黄花，偎依怀中情一札[②]；
十里迢迢入城赠，寒星初窥噪暮鸦。
书信劳邮亭，赏花赏月明。
君心腾巨浪，惊喜复忧伤；
中夜血泪书[③]，沾笺复沾裳。
心潮渐平息，死生誓相依。
古井微澜漾春色，始度东瀛度蜜月。

① 这是一首抒发生平感怀的自传体长诗。国外友人曾几次索稿，诗人均不愿公布于世。此处节录有关庐隐生活的片断。

② 指冷鸥、异云一年往来的所有情书。

③ 血泪书，参看本全集中《赠李唯建》一信。

人言扶桑日杲杲[1]，渺茫明灭神仙岛；
乘兴畅游度枉生，落叶满地红不扫。
初冬归国兴未已，浪漫生涯不减昔。
申江小住即访杭，卜居湖滨餐春光。
潋滟碧波垂柳堤，灿烂百花茵草地，
轻盈紫燕翩翩舞，自在黄莺恰恰啼。
去秋在日乐悠悠，写作阅诵无所忧。
归来居杭生一女，取名“瀛仙”纪东游。
当卖借贷穷难救，卖文为生焉能久？
隐君求得沪滨教书职，我赴嘉兴把教执。
嘉兴教职难久任，在申结识舒新城；
中华特约代编书[2]，英语教本始完成。
并在暨大附高中，国文全席十余钟。
出居幸得稍舒适，各有恒业共朝夕。
锦绣东北方沦陷，民族义愤切齿寒；
奴颜媚骨反动派，貌似爱国里通外。
山雨欲来黑云重，中夜忽闻轰炸声；
火光烛天闻北侵，淞沪抗日突发生。
良辰美景岂常在，晴天霹雳从天来。
隐君生产庸医误，茫茫大地无归处。
黄英缤纷遭毁灭，天昏地暗变颜色。

---

① 扶桑日杲杲（gǎo gǎo），扶桑指日本；日杲杲，形容太阳明亮，语出自《诗经》。

② 中华，指中华书局。

海滨灵海无潮汐，故人一去绝音息。
冷鸥空留逐波影，异云徒伤变幻性。
嫦娥有情应罢舞，顽石无知亦有悟。
命途多舛未入禅，凄风苦雨徒怅然。
永安公墓遥①，人间天上差。
…………

一九七六年

（本篇由庐隐与李唯建的女儿李恕先提供）

① 1934年5月13日，庐隐逝世，遵嘱举行宗教仪式入殓，下葬于上海霍必兰路（今古北路）永安公墓。现已拆除。

附三：

庐隐正传

王国栋

庐隐，原名黄淑仪，学名黄英，别名俊南，笔名庐隐、露沙、亚侠、云音、冷鸥等。1899年5月4日[①]，出生于福州三坊七巷南后街前清举人黄宝瑛之家。黄氏先世从洛阳迁来侯官县（今福州闽侯县）南屿乡这个只有黄氏一族的岭东村。（岭东庐隐故居现已按原貌修葺一新，“庐隐纪念堂”就设在此。）庐隐祖父黄瑞霖生有两子，长子宝瑛（又名书良，1864—1905），次子书槐（又名新斋）。庐隐父亲黄宝瑛系光绪十四年（1888年）戊子科举人。中举后迁到福州三坊七巷南后街（靠东的铺面后）。关于庐隐母亲力氏，1982年，庐隐女儿郭薇萱力荐编者找力伯廉老师，说她对力家和黄家最知情。据力伯廉介绍，庐隐母亲力氏(1869—1923)，原籍福建永福（今福州永泰县），是她同乡、远亲。后迁家至福州郊区阳岐，虽不曾读书，但其兄力钧是京城名医，为慈禧太后、光绪帝治过病，黄、力两家也算门当户对。[②]福建师大王维燊教授对此也做过翔实的考证。[③]

力氏嫁黄宝瑛后，生黄勉（1889—1928）、黄勤等三男，又喜得长女庐隐。但她出生之日，力家传来噩耗：外祖母去世了！所以庐隐被视为不祥的小生物，力氏不亲自哺乳，打发她至下房，雇来南屿下井村林姓奶妈喂养。力氏把思量母亲的热情，变成憎厌庐隐的心了。

1900年，1岁。庐隐多病，爱哭，家人怕病染哥哥们，索性由奶妈带到其家乡南屿的家里抚养，养不活就算了。南屿“离城（福州）有二十里路，是个环山绕水的村落”[④]。

1901年，2岁。父亲黄举人被挑选上，放了知县。（编者摄有黄举人南屿故居墙上留着的盖有“魁星”印章的“大挑”残榜照片，残榜写着“福建黄宝瑛大挑一等”墨字。）一家人欢天喜地，准备去过荣华富贵的生活。临行前，才记起不知死活的乡下小女，便派其弟书槐匆匆到奶妈家看看。小庐隐居然被家乡山水养活了。但到一家人起身前，才接回小女。他们乘海船向马江进发。小庐隐独自坐船头，面江呜呜哭个不停。其父又视之为不祥之兆，抱起小女，向滚滚碧流里抛。幸好被随行的叔叔书槐（《庐隐自传》误为“听差”）抢过来，救了小命。

黄举人走马到任，在湖南零陵（属永州）当了知县（《庐隐自传》误为湖南“长沙”[⑤]）。其弟书槐记得很清楚，他一直跟在零陵县衙门其兄身边，当了三四年师爷。家乡亲人父老，也从来没听说过黄举人曾到长沙履新。编者从湖南档案馆抄有当时历任长沙黄姓知县名册，黄宝瑛并不在列。

12月1日（农历十月二十一日），力氏生次女黄湘，她享受到母爱的甜蜜。此后，庐隐更被冷落。

1903年，4岁。三哥夭逝于零陵。

1905年，6岁。正月，父亲得心脏病去世。转瞬间，一家人沦入愁河恨海之中。书槐和黄勉护送灵柩回乡，葬于福州西郊梅林保福。后来外孙女郭薇萱曾去扫墓。家人都证实墓碑上刻有“湖南零陵知县黄宝瑛大人之墓　孝男黄勉黄勤立”。编者查南屿庐隐纪念堂及族谱，亦载明“黄宝瑛，任湖南零陵知县”；但查零陵档案馆，却收到答复：该段时期，不曾编写知县名册，无从查考。

庐隐外祖力家，时已移居北京，舅父力钧获电报，即派人接走寡妇孤儿一家四口。坐湘江到汉口的江船，因大水阻滞，船走了许久，才上京汉线的火车。当时力钧已升为清朝农工商部员外郎，后升至郎中。编者在京查到庐隐一家人投奔外祖家的确切地址，在北京宣武门外下斜街92号四合院力钧邸宅。庐隐在此度过漫长的青少年时代。

1906年，7岁。因母亲厌恶，庐隐不得入学，拜与母亲同住的姨母为师，整日被关在书房里读《三字经》《女四书》。常挨打受骂被罚饿，被目为“笨货”“小厌物”，但其拗傲的脾气，始终未被制服。

1908年，9岁。庐隐感觉没有爱，没有自由，没有希望，只有怨恨家里人，朦胧地觉得，死也许比活着快活。念了一年，一本《三字经》还不曾念完，姨母恨极。本是“同根生”的黄湘，就没遭过此番虐待。暑假后，庐隐以“淑仪”原名，被嘉禾表兄送进北京崇文门孝顺胡同教会慕贞女校小学部（今北京125中校址）读书。只半年，庐隐就学有长进，改变了“笨货”形象。

1910年，11岁。庐隐在这所囚牢似的教会女校，主要接受宗教教育。只有地窖窗外的园地，给她带来片段的“梦境”，维系着她的生命。第二年在校，因被迫提水上楼，左脚扭伤，开刀住院半年，稍愈，又肺管破裂，养病半年。最终皈依基督教，成为小教徒，暑假回家宣传《圣经》中的博爱精神，解除不少心灵痛苦。

1911 年，12 岁。辛亥革命爆发。全家竟抛下女校中的小庐隐及其两个表妹，逃到天津租界。后来因校方不肯负责任，家人才把她们接去天津住下。

1912 年，13 岁。清王朝被推翻，全家回京。庐隐不愿继续进教会女校，便由福州来的大哥黄勉自教作文。年假后，竟考上公立高等小学五年级。半年后，改名黄英，又考取本校高小附属师范预科。原先的“笨小鸭”居然有了“聪明”之誉。庐隐更加起劲地读书作文，准备年后去考北京女师，以得到官费待遇。

1913 年，14 岁。庐隐果然考取五年制的北京女子师范学校。家人惊奇不已，母亲的态度也随之好转，终止了她童年的厄运。但身处动辄得咎的女师，校规森严可怖，依然比进牢狱还难过。幸而，庐隐结识了几个朋友，自命为“明末六君子”，总是时常闯祸、调皮，全校闻名。有时装病，躲在宿舍偷看小说。北京女师一、二年级是庐隐生活中的黄金时代。

1916 年，17 岁。课外时间全用来看小说，这既可解忧消愁，又带来趣味和希望。那些言情小说，尤其对庐隐的脾胃。前后读了《西厢记》《红楼梦》、“林译小说”以及苏曼殊的作品等二百本左右，得了“小说迷”的绰号。姨母的表亲、留日的林鸿俊到京找事做，把《玉梨魂》借给庐隐，并向她诉说平生遭际之不幸，二人彼此同情，日渐亲密。林鸿俊遂向黄家求亲，被黄夫人拒绝。

庐隐见此，便反对母亲说：“我情愿嫁给他，将来命运如何，我都愿承受。”母亲深知女儿倔强，只得同意待林大学毕业才能结婚。庐隐竭力为林筹备求学经费；为了保住面子，母亲也只得暗托一个亲戚给予二千大洋的资助，于是二人订婚。

1917 年，18 岁。中学毕业，当时北京无女子大学可入，别的大学也不开放女禁，其兄又在外国读书。母亲希望女儿挣钱，庐隐遂未能升学。

表哥给庐隐寻到某女子中学职位。庐隐却自觉自己才 18 岁，以中学生教中学生，担当不起这“先生”的重任，更何况要教的还是让她不熟的体操和家事园艺。但为了母亲，她不得不接受聘书。学校校长办公室杂乱无章，他只会教写字，闲了便满院子走来走去，在女生堆中挤。训育主任正在绣花，大声和姨娘谈天，是个脂粉满脸的俗物。幸而庐隐善跑跳，体操课尚可应付。她训练的团体舞，也有可观之处。在春季校运会上，她替学校出了风头。但庐隐还是想辞职。问题是春假回家怎么向母亲及表哥交代？这时刚好安徽安庆实验小学校长、女师同学舒畹荪邀她去帮忙。

1918 年，19 岁。春假完结后，庐隐赴安庆实小任体操、国文和习字、史地等科教员。这里有后来成为庐隐大学同窗的苏雪林。她对庐隐初次见面印象：“身在客中，常有抑郁无欢之色，与我们谈话时态度也拘束。”在这个正规的模范小学，庐隐教学成绩不坏，很久以后，学生还由衷地赞叹过她这位黄先生呢。但只过半年，她又感到无趣，便回京了。

暑期，经母校校长推荐，到河南开封女师当教员。那里环境腐败，旧教员怕被抢走饭碗，散布流言蜚语，视言论激烈的庐隐为名教的反叛者，是个可怕的危险人物。挨到学期结束，如同被赦的罪囚，她又“高歌在京汉线上”。也因此，表姐妹送给她一个新的雅号“一学期先生”。

1919年，20岁。五四运动前夕，新思潮激荡着庐隐，她觉得必须读书，然而又缴不起保证金和学费，只好又到安庆实小的老朋友舒畹荪那里，教书积钱。五四运动把安庆教室里的庐隐“震”到社会上来。从报上看到6月3日和6日北京女高师（前身系其母校“北京女师”）学生两次示威游行，庐隐越发迫切地想加入到这个中国妇女首次参政的行列。暑假回京，国立北京女高师学校考期已过。母校只许庐隐以旁听生的资格插入国文部第一届本科二年级。这里各种新学说勃然而兴，庐隐对这些最感兴趣，每每买些新书来看。但第一次作文题目却是“《礼记·内则》中的时而后言论”，真把庐隐吓矮了半截。泡在图书馆，花一天工夫，才勉强写了一千多字，厚着脸皮交上去。想不到发下来，批语却写着：“立意用语别具心裁，非好学深思者不办。”并被“选”中付印出版。从此“我的气焰日高”，才被人另眼看待。

听了李大钊、陈独秀、胡适等讲课，庐隐接受了新思潮新学说，思想进步很快。读了文学概论、文学史，庐隐也有了文艺创作的冲动，动念写一本小说。从自己的生活写起。将自己（隐娘）和林鸿俊（凌君）的初恋故事试写成文言小说《隐娘小传》。后来觉得自名“隐娘”不雅，遂换成笔名“庐隐”，取其“庐山真面目，隐约未可睹”之意。这部受苏曼殊文言小说影响的《隐娘小传》，作者觉得杂乱无章，便不再续写。（后与林鸿俊解除婚约，即撕毁此稿。）接着便试写短篇白话小说。

庐隐虽是插班旁听生，但不久便被举为学生会干事，“整天为奔走国事忙乱着，——天安门开民众大会呀，总统府请愿呀，十字路口演讲呀”，“热心到饭都不吃，觉也不睡的干着”。[6]庐隐渴望参加社会活动的天性，才找到发挥的天地。五言古诗《云端一白鹤》便是展现其抱负和身世的试作。

11月16日，日本警署出动敢死队，在福州台江枪杀游行学生，并派军舰到闽江，制造了震动全国的“福州事件”。李大钊发文对此行径予以强烈谴责。旅京福建学生闻讯愤极，在福建会馆成立旅京福建学生联合会，庐隐同郑振铎、郭梦良等在会上发言，激起同乡们的爱国反帝热情。29日上午，旅京学生联合会郭梦良、郑振铎、庐隐等，组团参加天安门五千学生大游行，发表《泣告全国同胞书》，声援福州学生。在同乡学生联合会活动中，庐隐发现，从五四运动以来，郭梦良（1897—1925）在运动中始终享有很高的威望[7]。他被选为联合会主席和《闽潮》（油印刊物）编辑主任，而庐隐作为女高师代表，亦当选为副主席和《闽潮》编辑员。这时，她也被众人视为新人物，遭冷讽热骂。她认为《闽潮》中郭梦良的文章最精彩；他对先秦诸子确有研究，是个饱学之士。

1920年，21岁。经年假大考，与苏雪林都以最优等升作正班生。林鸿俊先于工业大学毕业，庐隐要求他等自己大学毕业后才结婚。林反对庐隐参加社会活动，并欲报考高等文官。此时庐隐羡慕英雄，服膺思想家，发现林虽忠厚老实，但思想平庸，走的道路和自己不同；从此意见不合，感情也日见恶化，终至解除婚约。不久，庐隐在校内结识了学生自治会主席王世瑛、程俊英，还有文艺会干事、苏州的陈定秀。庐隐听先生讲过，齐有孟尝君，赵有平原君，楚有春申君，魏有信陵君，就说："我们四个人就像战国时代的四公子，我是孟尝君，他有狡兔三窟。我的三窟是：教师、作家、主妇。"庐隐自封为"亚洲侠少"。同窗苏雪林有首《戏赠黄英君》的诗写道："亚洲侠少气更雄，巨刃直欲摩苍穹。夜雨春雷茁新笋，霜天秋隼搏长空。"庐隐开始大胆写文章，抒发自己见解，在《晨报》发表杂文《"女子成美会"希望于妇女》，与郭梦良的文章相探讨。在校《文艺会刊》发表五言古诗《金陵》、文言散文《小重阳登陶然亭记》、杂文《利己主义与利他主义》。在郭梦良的影响下，庐隐连续发表杂文《思想革新底原因》《新村底理想与人生底价值》《劳心者和劳力者》。后来还陆续刊发文论《近世戏剧的新倾向》《整理旧文学与创造新文学》。

不数月，福建学生联合会内的少数同志组织 SR（"社会改良派"的英文简称）会，寓改造社会之意。庐隐为会员。"他们便时常送我些社会主义的书看，并常常和我通信讨论，因此，我的思想真有一日千里的进步了，我才了解一个人在社会上所负责任是那么大，从此我才决心要作一个社会的人。"在 SR 中，与同乡郭梦良日渐亲密，"第一次开成立会于万牲园之豳风堂，同志自述已往之生活，及将来之志趣，于是庐隐乃得深悉君之家事，融洽益深矣"。庐隐知郭君"为人明敏沉默，勤慎敦笃"，"不但学业精深，且品格清华，益使庐隐心折也"⑧。

庐隐为加入文学研究会作准备，开始用白话文写第一批"人生派"短篇小说《一个快乐的村庄》等 4 篇，交文学研究会成立后的《小说汇刊》出版。还写了小说《一个著作家》初稿，在讨论此稿时，只有同窗苏雪林不以为然，说道："游夏不能赞一辞。"

12月，经同乡郑振铎介绍，庐隐与郭梦良同时首批加入文学研究会。庐隐入会号数为12位发起人之后的第13号，郭梦良为18号。二人同被改革后的《小说月报》邀为撰稿人。

1921年，22岁。1月4日，文学研究会成立大会在北京中央公园来今雨轩召开。庐隐是其中唯一的女作家。经郑振铎介绍，认识了《小说月报》主编沈雁冰（茅盾）。会后全体会员合影留念。

此后，庐隐写作便一发不可收。1月，小说处女作《海洋里底一出惨剧》面世。2月，《小说月报》第一次发表修改后的小说《一个著作家》。"从此我对于创作的兴趣浓厚了，对于创作的自信力也增加了"，并陆续在文研会《小说月报》《时事新报》副刊上发表小说《一封信》《红玫瑰》《一个病人》《月夜里箫声》《两个小学生》《"作甚么?"》《哀音》《王阿大之死》《灵魂可以卖吗》，文论《小说的小经验》《创作的我见》，诗歌《砍柴的女儿》《祝〈晨报〉第三周的纪念》。这一年，庐隐还在天津《益世报·女子周刊》上登出新诗《黄英》《心弦之音》《影》《秋风秋雨》《月下》《雪》《迷路的羊》《安眠的儿》和小说《一件小事》。12月，小说《思潮》面世。

当时，郭梦良明告庐隐自己已娶：高中毕业时，拟报考北大，其父郭凌云和祖母提出必先完婚，始可升学。要与一位素不相识的女子结婚，梦良沉默不应，待家继续请师补授经史一年。次年6月，迫于无奈结婚，婚后即负笈京师。现有与林瑞贞女士离婚的打算。庐隐闻悉，感而怜之，"但因我而离弃她，我于心不忍!”于是，庐隐许以精神恋爱，于雷峰塔下，二人订约，誓永不相忘。

1922年，23岁。1月8日，小说《余泪》写作完成。它写的是一个真正为“和平”而殉道的女教士。这种宗教题材，在后来庐隐作品里极少见。2月，发表小说《一个女教员》，写最初任教的体验。这时，女高师《文艺会刊》第4号，还发表庐隐与程俊英合作整理的李石曾讲演笔记《法国底女学界》。

女高师很早就成立新剧研究团。上一年，庐隐从近世戏剧起手，开始研究中国新剧。她们改编的古装话剧《孔雀东南飞》，由李大钊老师导演，学生们参演：程俊英饰刘兰芝，孙斐君饰焦仲卿，陈定秀饰小姑，冯沅君饰婆婆。女学生演话剧，引来了外界的关注。这一年，为了筹备毕业前去日本参观的旅费，她们的新剧研究团又自编新剧《叶启瑞》，庐隐扮演女主角，借教育部礼堂连演三天，窗外也挤满观众，得到报界的好评。

筹足旅费后，于4月29日，他们二三十个师生乘“长沙丸”号轮船出征。经五天五夜到蓬莱仙岛，先后到日本横滨、东京、西京、大阪、神户、奈良、日光、广岛诸地参观。归途经釜山、汉城、平壤、奉天、大连、旅顺等地，体验了各地的风土人情、教育现状。从日本回到北京，一个多月奔马似的游览考察的一切，都被记载入厚厚的《扶桑印影》日记簿里。

5月，文学研究会终于出版《小说汇刊》，发表了庐隐早期写就的《一个快乐的村庄》《一个月夜里的印象》《邮差》《傍晚的来客》4篇白话短篇小说。

完成毕业论文《诗人李白》(《小说月报·号外》曾刊登将

发表此论著的预告，但后未见刊行)，告别了三年的大学生活。庐隐在日记中留下了校长的话："诸君，学生的生活完了，你们要开始去做人，去应付社会。从前你们是被保护的，现在你们要去保护人，所以你们要去做人了。对于你们的人格修养，处世接物，都要抱一个正确坚固的目的，然后才能去改造社会，去抵抗黑暗的压迫。诸君，你们所负的责任是什么？你们自己虽不作恶，你还得使人不作恶，这责任是如何的重大！"庐隐也记录下了李大钊老师在毕业典礼上的讲话："你们都是'五四'新时代的优秀女学生，受过运动的锻炼和新思潮的教育。今后，在各人的工作中，千万不要忘记国家的前途和妇女的命运，继续前进。……"会后，李老师向女生问了庐隐近况，嗟叹道："她那顽强的反抗精神，是可贵的，如果用于革命，该多好啊！"毕业会后，师生在大礼堂前小花园留影。

8月5日，在上海一品香旅馆，庐隐与文学研究会的沈雁冰、郑振铎、谢六逸等，参加由创造社郁达夫发起召开的郭沫若《女神》发表一周年纪念会；会后摄影留念。大会促进了这两个文学团体的革命团结。这是庐隐第一次近距离与文坛著名作家诗人进行广泛接触。

8月，诗《悠悠的心》见报。根据那本《扶桑印影》游记日记簿，庐隐创作出《碧涛之滨》《灵魂的伤痕》《东游得来的礼物》《华严泷下》《海边上的谈话》《最后的光荣》《离开东京的前一天》《扶桑印影》。这8篇散文和小说《月下的回忆》，万幸，它们都相继面世了。因为后来，这本游记日记簿被朋友拿去弄丢了，不然她还能据之演化出更多的散文小说来，如《庐隐自传》所言"将来汇成一本游记的"。

11月，还有诗《月下》、小说《或人的悲哀》问世。

暑假后，庐隐被安徽宣城中学聘请去当教员。在那里发现了人间许多罪恶。对此，庐隐遗文《我第一次所认识的社会》中有两段日记，对当初的社会学校做了真实的刻绘。它不仅填补了《庐隐自传》的不足，使后来的传记作者得以了解她初入社会时矛盾复杂的心态，更重要的是，它表明日记和书信往往成为日后庐隐创作的依据。这次的社会接触，让她怀疑起人类来。受了半年宰割之罪，年假回家，她感觉心境竟老了十年。

1923年，24岁。年假后到北京师大附中教国文。这是她母校的附中，教员大都勤恳本分、各尽其职，乐于献身教育事业。庐隐在这良好的环境里，心情才逐渐地平静下来。这时大哥黄勉留学已回国，在上海找到一个不错的医生职位。不幸，移居上海的母亲，因庐隐退婚，现在又甘心嫁给有妇之夫，被气出病来。春，大哥传来“母病重速归”的噩耗，庐隐即辞职赶到沪上，母亲力氏早已病逝，桐棺三寸，已隔人天，不得见最后一面。像过去那种南旋探母，同兄嫂妹妹等围绕阿母膝前快活的情景，已不复再现。嗣后，庐隐到上海某大学教书，兼作女生指导员。从此，兄妹们带着丧母悲痛，星散各方。

这时，庐隐陆续发表小说《彷徨》《丽石的日记》、与梦良的定情篇《最后的命运》(散文)、文论《月色与诗人》《中国小说史略》、诗《她的来信》《秋菊》、小说《流星》以及《秋别》《寂寞》两首诗。

北京是庐隐的第二故乡。在沪教书一个学期后，她又回到北京师大附中。这里的同窗好友石评梅介绍她认识了几个新朋友。

暑假，郭梦良从北京回到福州的家中，就与庐隐的婚事向郭父和发妻林瑞贞及其娘家人征求意见。关于此事，郭梦良的妹妹郭琼（1905 年生）曾向编者透露一些鲜为人知的秘密：“他们怎么谈妥我哥和庐隐这门婚事呢？我父亲和结发母亲婚后许久，都没生男育女，娶了‘继次’同室，才添我兄妹们。这次我哥就以同样的理由，也像父亲那样，结发妻子林瑞贞多年不育，娶个‘同室’庐隐生儿接香火，前人做后人传，名正言顺呗。我嫂和娘家大人也觉娶来新人，冲冲喜也好。我父亲当然无话可说。”“至于庐隐那边，我哥嫂没离婚，没抛弃，也没意见，庐隐母亲已过世，也没阻力了。她妹妹黄湘北京女师学校毕业，喜欢音乐、画画，学庐隐样，画名也叫梅隐，也很开放，和力伯廉的父亲志趣相投，相知相恋，吃酒凭隔壁桌，后来也以‘同室’名义在上海结婚。两人有福有寿，恩爱四五十年。”

秋，为了逃避世人的目光，庐隐不得不辞别心爱的附中，与郭君双双南下，在上海远东饭店举行婚礼。当时遭到最要好朋友的极力批评和坚决反对。

10 月起，《小说月报》开始连载庐隐自叙传成名作《海滨故人》。小说中“露沙”就是庐隐的化身。她们五个大学同窗都追求个性解放、婚姻自由，实现人生价值。一旦走向社会，便风流云散，一个个经历了情与智的冲突，有的被封建家庭召回，走向妥协之路；有的泯灭了斗志，做了小家庭的主妇；主人公露沙也采取“游戏人间”的人生态度，结果反被人间“游戏”，由精神恋爱走向悲观厌世，深陷苦海，最后不知所终。它真实地反映了五四时期男女青年普遍存在的“时代病”。这是现代文学史上第一部以女大学生为题材的中篇小说。当年见报的还有小说《淡雾》《新的遮栏》、诗《将我的苦恼埋葬》。

1924年，25岁。庐隐仍然在沪教书。郭梦良应创办自治学院的院长张君劢之约，辞去国立政治大学总务长之职，赴沪上接任该校总务长之位。学校开办伊始，事颇繁巨，午夜始眠，积劳成疾，郭君却瞒着妻子。还好妹妹郭琼来沪补习英文，可以帮助料理家务。婚后的失望，家庭的琐事，梦良的衰弱失眠、形容日槁，令庐隐心力交瘁，几乎搁笔半年。这上半年只发表散文《寄一星》、杂文《中国的妇女运动问题》、小说《灰色的路程》《沦落》《旧稿》《前尘》《醉鬼》等。6月，上海青年协会书报部出版谢洪赉编的小集子《庐隐笔记四种》。

1925年，26岁。旧历十二月十一日（公历1月5日），庐隐产下大女儿宝宝。

《小说月报》刊发其小说《父亲》《幽弦》《胜利以后》《秦教授的失败》《危机》。给石评梅的信《海滨消息——寄波微》《呓语》亦先后面世。

7月，第一个短篇小说集《海滨故人》作为“文学研究会丛书”，由商务印书馆初版。内收1921年至1924年发表于《小说月报》的14篇作品：《一个著作家》《一封信》《两个小学生》《灵魂可以卖吗》《思潮》《余泪》《月下的回忆》《或人的悲哀》《丽石的日记》《彷徨》《海滨故人》《沦落》《旧稿》《前尘》。茅盾《庐隐论》谈到这集子时指出：“五四时期的女作家能够注目在革命性的社会题材的，不能不推庐隐是第一人”；但以后庐隐“停滞”了，这是她第一次“转向”。庐隐也说：“在这时候，我的努力，是打破人们的迷梦，揭开快乐的假面具”，但这集子充满哀感，“我简直是悲哀的叹美者，这种思想，支配我最久”。⑨

11月22日（旧历十月初七），丈夫郭梦良患“湿瘟”（即伤寒）病逝于上海宝隆医院，年仅28岁。临终为宝宝命名，叫“惟有萱堂（母亲）”的“惟萱”。庐隐随即改之为谐音的“薇萱”。在“君灵未远”之际，庐隐“泣述”写成《郭君梦良行状》。12月6日，上海文学研究会同人设奠公祭郭梦良。次日，《时事新报·学灯》刊出庐隐的这篇祭文和郑振铎的《哭梦良》[10]。庐隐跟随小姑郭琼和郭家派来的人带着孤女薇萱护送灵柩回福州，在招商码头举行招魂仪式。郭的桐棺安放在郊区郭宅厝边（直至1976年其发妻林瑞贞逝世，方与之合葬于高盖山）。“满七”后，孤女寡妇从郭宅回到城内东街郭家纸店后屋住下。面对亡夫画像，庐隐日夜为其编辑论文，整理遗稿，准备出版，坚意从此终老于故乡。郭氏发妻待其并不刻薄，视薇萱如同己出，只是婆婆较为苛虐。

编者的老师、同事陈毓淦（笔名黑尼）老先生，在1982年底读到我的拙作《关于〈郭君梦良行状〉》时曾回忆当年的情形：当时，由北大老同学、省立福州一中校长张哲农等发起，组织福州文化界在西湖开化寺为郭弼藩（梦良）举行过追悼会。福州的报纸还报道了一个感人场面：庐隐致完悼词，走到郭君好友徐六几（已逝）的遗孀陈天予跟前，两位未亡人相拥而泣，满场无不为之动容悲恸。当时陈天予有送挽联：“基尔特主义销沉，此去见六几，握手休论前世事；兜率天灵魂缥缈，无言慰庐隐，伤心同时未亡人”。[11]陈天予的丈夫徐六几（福建连江人）和郭梦良是同乡好友，都热衷于“基尔特社会主义”，著作颇丰，却先于离世。庐隐在福州致石评梅信中说过，每当“拿出梦良为亡友（即徐六几）预备编辑而未曾编辑的残简一叠，便不禁鼻酸泪涕”，因为“不知我能否为梦良整理完全遗著，更不知谁又为我整理遗著呢！”庐隐这个遗愿，谁知三十多年前便落到我双肩上?!

1926年，27岁。年假后，经北大郭梦良的老同学刘庆平介绍，庐隐到福州女子师范学校（在布政司埕，今鼓楼第一中心小学内)，教第17届学生的国文课。由于她的坦诚和真挚，得到学生们崇敬。她也看到教育界的腐败不堪。福州女师的经历，为庐隐的写作提供了新的思想和新的题材，提出了许多社会问题。暑假，到胜地鼓岭三保埕的一间楼房避暑创作。此房东是郭姓亲戚。庐隐说，置身于这样的人间仙境，仿佛被猎人久围于暗室中的歧路亡羊，一旦被释，重睹天日，欣悦自不待说。她在此间楼房上，创作了五十多天，陆续写下十余篇与福州相关的作品，其中最为著名的是小说《房东》。

9月，由于不习惯故乡的人情和生活，庐隐结束了这唯一的还乡奔丧之行，带着女儿像受伤孤雁一般又飘泊到上海。在上海大厦大学附中教书，同时又当大学讲师、教授，兼女生指导员。此时在鼓岭写给石评梅的几封信先后发表：《寄天涯一孤鸿》《灵海潮汐致梅姊》《寄燕北诸故人》《寄梅窠旧主人》等。还刊发了自叙体小说《寂寞》。

1927年，28岁。1月《蓝田的忏悔录》，2月《何处是归程》两小说先后面世。

2月中旬辞职，离开上海回北京，充任中华平民教育促进会平民读物的文字编辑。该机构创建人为晏阳初，他们多为留学归来的有识之士，其读物突出一个大写的“平”字，强调“平等”——天平，地平，左右平。平民即庶民、大众，平民读物是属于全人类的。在这许多间房子里，充满各种面孔的编辑员。从他们忧国忧民的脸上，不难发现人生的劳苦。这里的文学部阵容颇为强大，除庐隐及文学部主任陈筑山外，尚有庐隐熟悉的瞿世英（菊农）、熊佛西、瞿冰森诸君。他们写的虽是普及性的千字课，人人却像在京师赶答科举试题卷，佳作迭现。几年时间，平民读物千字课发行量达400万册。在中华平民教育促进会，庐隐主要从事平民教育教材的写作和宣讲工作。这两项工作均为庐隐的专利，其他男作家无法取而代之。

这时，开明书店结集庐隐在《小说月报》上发表的12篇小说，出版她的第二个短篇小说集《灵海潮汐》。包括：《父亲》《幽弦》《胜利以后》《秦教授的失败》《危机》《寄天涯一孤鸿》《灵海潮汐致梅姊》《寂寞》《蓝田的忏悔录》《何处是归程》《雨夜》《云萝姑娘》。庐隐说："这个时期我的作品上是渲染着更深的感伤——这是由伤感的哲学为基础，而加上事实的伤感，所组成的更深的伤感。"[12]

此时还先后刊载文论《文学与革命》、散文《月夜孤舟》、致石评梅信《愁情一缕付征鸿》、小说《憔悴梨花风雨后》。

这年6月，庐隐在秋瑾牺牲二十周年的日子里，写出小说《秋风秋雨愁煞人》，矛头直指"四一二"大屠杀。在热烈歌颂烈士英勇就义的同时，庐隐也袒露了对白色恐怖的愤怒。小说中庐隐创作的秋瑾"与舅书"，句句掷地都作金石声。

不仅如此，庐隐还在《归雁》的日记里，记下了这一年军阀制造北京大屠杀的"人间惨剧"。在惊悉李大钊被军阀绞杀的当天（4月28日），庐隐悲痛欲绝，冒着生命危险，到李家抚慰一家人。不久，又写出两首悲愤诗《吊英雄》《英雄泪》，沉痛悼念李大钊这位中国共产党创始人的英勇牺牲。诗里忆道："那一本论文，而今依然卧书箧，你的手泽犹新鲜；但一字字都似凝泪，一行行如溅桃花血，更何心重翻读！"后来，庐隐在佚文《壮志长埋》中，又忆起北大教授智水（李大钊）给她的革命信件，想起他的牺牲，翻出自己当日日记中记录与其夫人收尸掩埋的惨景、妻儿痛哭的情状，展露的仍然是对英烈的敬仰深情、对军阀制造的"人间惨剧"的控诉！

此时，庐隐还写了悼郭君辞世三年的祭文《雷峰塔下——寄到碧落》。写就自传体日记长篇小说《归雁》，它真实地道出纫菁（庐隐）和剑尘（瞿冰森）从知情而友情而爱情终至绝情的心路历程。"在《归雁》中，我有着热烈的呼喊，有着热烈的追求，只可恨那时节，我脑子里还有一些封建时代的余毒，我不敢高叫打破礼教的藩篱，最后我是被旧势力所战胜，那一只受了伤的归雁，仍然负着更深的悲哀从新去飘泊了。"

秋，又有散文《归途》、小说《公事房》、剧本《牺牲》、文论《研究文学的方法》等刊出。

1928 年，29 岁。1 月，庐隐又搜集年来所作，编成第三个散文小说集《曼丽》，由瞿世英（菊农）作序，庐隐自序，北平古城书社初版。共收 19 篇：《时代的牺牲者》《西窗风雨》《月夜孤舟》《一幕》《血泊中的英雄》《愁情一缕付征鸿》《憔悴梨花风雨后》《风欺雪虐》《曼丽》《寄燕北诸故人》《房东》《秋风秋雨愁煞人》《生命的光荣》《一鞭残照里》《寄梅窠旧主人》《醉后》《不安定的心》《雷峰塔下——寄到碧落》《最后的一夜》。其中 13 篇系最初发表。庐隐自序说："这些是在我从颓唐中振起的作品，是闪烁着劫后的余焰。"这个集子把婚恋、男女问题，女子转向问题，怀乡病问题都当作社会问题提出来。茅盾认为，从《房东》等开始，庐隐又转到比较宽广的社会题材上，“这是庐隐第二次的转向”，“是一个值得注意的波澜”。

这一年的编辑工作，据不完全统计，庐隐为“平民读物”刊发了如下的各种文体著作：《妇女的平民教育》（长篇杂文，商务印书馆版）、《介子推》（读物第18）、《不幸》（读物第27）、《穴中人》（读物第28）、《渺无音信》《刘大嫂》《弦高》《卜式》（以上皆为小说）、《林肯》《阿笛生》（传记）、《妇女生活的改善》（杂文，读物第41）、《妇女谈话》（杂文）、《月夜笛声》（小说）、《水灾》（小说，读物第165）、《今后妇女的出路》（杂文）等等（还有出版的不少小册子，现已无从查阅），其中不乏佳作。但是在这里，庐隐只能机械地写“千字课”，出版周期长，且不得在教育会以外的报刊发表，创作力受制，社会影响力也有限。

2月，平民教育促进会将迁到远郊去，庐隐觉得编辑当腻了，这时正好又有朋友请她去北平市立女子第一中学当校长。入职后，校内有些争名夺利的人，趁北伐军进京之际，密告庐隐是共产党，是反动派。国民党市党部要逮捕她去审问，庐隐只好“亡命”到表兄的嘉禾医院，充当几天病人，而后朋友莉（王礼锡）探明市党部内情，那是“匹夫无罪，怀璧其罪”（《亡命》），退出校长“地盘”就没事了，这才逃过这次搜捕。此后，庐隐只得回到自己喜爱的北京师大附中当教员，并继续给石评梅主编的《蔷薇周刊》写散文《寄波微》及小说《侦探》。

初春三月初三，一个星期五的下午，清华大学大三学生、青年诗人李唯建[13]，带着梁漱溟的介绍信来到北大林宰平教授家里。其间谈及庐隐，李唯建就趁机要作为庐隐同乡的林教授引见结识庐隐，林教授只好答应请更熟识庐隐的瞿世英引见。于是周日，在瞿家，庐隐见到了比自己小8岁的李唯建。李说新近写完一首长诗《祈祷》，望她能赐览。庐隐给他留下舅父力钧家的住址，笔迹健劲锋利，令李佩服她的个性和勇气。他想：无论她多么悲观，都要从痛苦的深渊中把她救起。由此展开了对庐隐的追求。但是，诚如后来李唯建女儿李恕先说的："由于年龄的差距，社会地位的悬殊，生活经历的天壤之别等原因，他们的相恋也遭到了家庭亲友的强烈反对，尤其是社会舆论的巨大压力，母亲陷入了深深的痛苦和矛盾之中，在她的生命里，已遭遇了太多的不幸与苦难，她实在没有勇气再向这强大的封建势力挑战与抗争。然而，父亲却锲而不舍地、热烈地、诚恳地再三地向母亲表白自己的真情。母亲心里的防线渐渐崩溃了。"[14]从此两人相谈投机，评诗论文，情书频传，心心相印。

5月3日，日军再次出兵山东，占领济南，制造了"五三惨案"。庐隐在《蔷薇周刊》"国耻纪念号"上，先后发表诗歌《弱者之呼声》和长文《雪耻之正当途径》，加以抨击与控诉。

9月30日，石评梅患急性脑炎，逝世于北京协和医院，年仅26岁。此事对庐隐打击巨大，"评梅死后，我不但是一个没有家可归的飘泊人儿，同时也是一个无伴的长途旅行者"。

10月21日，举行石评梅追悼会。庐隐主祭，做了石评梅生平简历和出版遗作及其葬地的报告（见悼文记录稿）。会后，发表了悼文《祭献之辞》、诗《哭评梅》和《石评梅略传》。趁石评梅所有文稿信件日记未交还其家属之际，庐隐开始搜集素材，酝酿以石评梅不幸遭遇为题材的长篇小说《象牙戒指》。此时，还发表了小说《雨夜》。

年底，大哥黄勉去世，遗下寡嫂和几个幼小儿女。这对于庐隐而言又是一重打击，“我已经走到‘山穷水尽’的地步了”；一场大病好后，“结束了我第一个时期的思想”。[15]

1929年，30岁。年初，小说《云萝姑娘》《畸侣先生》行世。庐隐与新月派诗人于赓虞主编《华严月刊》，并创办北平华严书店。起名“华严”，取其有文章之彩饰，而态度庄严之意。拟出版庐隐的长篇《归雁》《象牙戒指》、散文诗集《夜的奇迹》和《评梅日记》四册以及石评梅散文集《偶然草》《涛语》，《评梅日记》终因石家人不同意而未能问世。《华严月刊》各期除连载《归雁》外，还刊登了庐隐其他作品：《文学家的使命》，散文诗“夜的奇迹”7篇《夜的奇迹》《星夜》《美丽的姑娘》《秋声》《春的警钟》《我生活在沙漠上》《青春的权威者》和小说《乞丐》《亡命》，以及三幕剧《冲突》。另外，在其他报刊还发表了她的散文诗《夜的奇迹》系列《素心兰》《空虚》《漠然》3篇，小说《狂风里》《恋史》《病中》《树荫下》4篇。

8月，那纸“你可怜的庐隐书于柔肠百转中”的血泪情书《赠李唯建》，打动了李唯建，她写道：“我再不能遭受世上的风波，况且你的心是我生命的发源地，你要我忘了你，除非你毁掉我的生命。”9月10日，庐隐公开了以李唯建口吻写的定情诗《来呵！我的爱人》，作为对他的呼应。

10月2日，根据石评梅“生前未能相依共处，愿死后得并葬荒丘”的遗愿，将其灵棺由长寿寺移葬陶然亭畔，与其生死恋人高君宇的墓碑并峙而立。庐隐为其撰写墓志，念出“一抔净土掩风流”的诗句，并宣布“封洞了！”6日，庐隐刊发悼文

《去年今日——悼石评梅》。

1930年，31岁。爱情催旺了庐隐的创作欲。1月，寓言体自叙中篇小说《人间天堂》在天津《益世报》连载（后《新月》月刊发表时改题为《地上的乐园》）。小说中夜莺诗人和杜鹃姑娘显然是夫子自道。连苏雪林都说它“更可算一首哀感顽艳的散文诗，文笔进步之速，很值得教人惊异”。6月，日记体长篇小说《归雁》由神州国光社推出初版本。

从上一年三月初三到这年春天，二人频繁的书信，久之成帙，好像向社会挑战似的，庐隐自名“冷鸥”，唯建为“异云”，以“云鸥的通信”为名，计68封情书，连载于天津《益世报》，一时传为佳话。庐隐说：“这是一本真实的情书，其中没有一篇，没有一句，甚至没有一个字，是造作出来的。”“什么礼教，什么社会的讥弹，都从我手里打得粉碎了。”[16]

暑假，辞了教职，宣告了以真情为基础的结合，与李唯建带着成熟的爱情和爱女郭薇萱，从天津乘坐日本客轮“长城丸”东渡扶桑过蜜月，寄居在东京市外阿佐文谷。写旅居生活的《东京小品》即成于此时，原拟了20篇题目，只写成11篇。这时，“我的人生观，由极度的悲哀，向另一方向转变”，“从此以后，我的笔调也跟着改变”。[17]

12月，《东京小品》部分开始在《妇女杂志》连载，共11篇：《咖啡店》《庙会》《邻居》《沐浴》《樱花树头》《那个怯弱的女人》《柳岛之一瞥》《烈士夫人》《井之头公园》《异国秋思》《给我的小鸟儿们》。

12月16日，因物价通涨，经济不支，离日本回国。

1931年32岁，1月，庐隐第二个短篇集《灵海潮汐》被开明书店延误到这一年才印行初版。

2月，庐隐、唯建的通信被王礼锡改为《云鸥情书集》，由上海神州国光社发行初版。虽然庐隐加上了开头和结尾，变成创作的小说，但是王礼锡在他的“序”中却做了“索隐”，指明“鸥”和“云”系影射作者自己。

3月，文论《几句实话》，5月，小说《苹果烂了》相继面世。经编者考证，《苹果烂了》与《烈士夫人》是姐妹篇，都写同盟会革命青年、黄花岗七十二烈士之一喻培伦在东京前后两段爱情的伤逝，两篇联读，令人扼腕痛惜，感慨系之。看来，庐隐对英烈情有独钟，喻培伦、秋瑾、高君宇、李大钊、“以共产故被杀”的胡也频，以及淞沪抗日阵亡的英烈们等等，皆为明证。

回国后，作家、诗人先在上海小住。庐隐致王礼锡信说，打算到杭州西湖“过半隐居生活，沉默五年以后再作别的打算，我们不愿走一般人所走的路”。在此，决意不出去做事，专以写稿、翻译维持生计。寄寓湖滨小洋房三个月后，迁进湖滨路崇仁里4号“吾庐”。这与庐隐构想的“海滨故人精舍”十分相像。6月，《小说月报》开始连载庐隐根据石评梅和生死恋人高君宇的事迹，写成充满衷情的长篇小说《象牙戒指》，忠实地为石评梅“不幸的生命写照，留个永久的纪念”。

6月26日，在杭州生下一女，乳名“贝贝”，取名“瀛仙”，以纪念东瀛之旅。（后因排行“恕”，改“仙”为“先”，即为恕先。）

暑假，当卖借贷穷难救，卖文为生焉能久！经刘大杰介绍，庐隐结识了上海工部局董事长陈鹤琴，进入工部局女子中学任国文教员。口耕之余，仍然笔耘。一家四口住在上海愚园坊20号，和刘大杰、舒新城做邻居。时为中华书局总编辑的舒新城介绍李唯建进书局任特约编辑，于是庐隐过上了她人生中最平静最安乐的一段生活。

12月6日，庐隐与作为新月派诗人的李唯建敬献徐志摩飞机失事挽联：

叹君风度比行云，来也飘飘，去也飘飘；
嗟我哀歌吊诗魂，风何凄凄，雨何凄凄。

1932年，33岁。1月10日，发表小说《搁浅的人们》。

1月28日深夜，日寇突袭上海闸北，侵占火车站。此前，日军派遣军舰、陆战队侵驻上海，并挑起事端，庐隐就对此极为关注。

“一·二八事变”翌日，十九路军英勇抗敌，夺回车站，把日军击退到租界。住在愚园路租界的庐隐目睹这场血战，再也不能袖手旁观。这时，庐隐获悉：日军通过英美领事出面调停，与中方达成停火协议，缓兵待援。此后，日方不断破坏协议，陆续增兵进攻，均被十九路军击溃。受到上海广大民众对抗战的拥护与支援的鼓舞，庐隐即时写了描写淞沪血战的小说《豆腐店的老板》，热烈赞颂付出巨大代价和牺牲的父子爱国抗日的崇高精神。本篇和此前发表的《搁浅的人们》，都被刊于神州国光社陈铭枢、王礼锡主编的《读书杂志》上。后来《庐隐自传》特地提到《现代》杂志有其两篇作品，原来就是这两篇后被推荐给《现代》杂志社，收入《1932年中国文艺年鉴》。

这次淞沪血战，十九路军抵抗强悍的侵略者，长达34天，连续挫败日寇进攻，迫使日军三易主帅。但是，又在英美等调停下，3月3日，双方宣布停战。5月5日，国民党政府与日本签署了屈辱的《淞沪停战协定》，协定中国不得在上海一带驻军，取缔抗日运动，十九路军调离上海。一停战，积愤已久的庐隐便冒险深入前线阵地，多次采访官兵，到医院慰问，跟伤员访谈；大量搜寻事变相关报章新闻史料，包括《一·二八淞沪抗战阵线详图》，还留意观看影片《十九路军抗日血战史》，以及其他作家此时争先出版的有关淞沪抗战的小说。

战事过了半年，庐隐说："在暑假炎暑的天气里，挥汗写成一部长篇战事小说，这本书本想出版的，不过我还要修改一次。"这就是《火焰》。

7月，发表旧译《爱情的丧歌》。9月，发表小说《飘泊的女儿》、散文《异国秋思》、诗《云端一白鹤》。10月，发表小说《碧波》《补袜子》《野妓拉客》、书信《给我的小鸟儿们（一）》。11月，发表小说《秋光中的西湖》和书信《给我的小鸟儿们（二）》。12月，发表小说《跳舞场归来》《按摩》（连载）、文论《外强中干的文人》和杂文《小小的呐喊》。这时期，庐隐的写作已"由酣恣多情的作风一变而为客观的分析的写实的了"[18]，由转变时期进入了开拓时期。

1933年，34岁。1月，发表杂文《吹牛的妙用》、小说《人生的梦的一幕》《好丈夫》《一段春愁》《前途》。2月开始，同时在两个报刊连载中长篇小说《一个情妇的日记》和《女人的心》。《情妇日记》表明庐隐已从单纯追求个性解放转向追求整个社会解放了。《女人的心》系据唯建提供的故事写成。庐隐说，在书中“我大胆的叫出打破藩篱的口号，我大胆的反对旧势力，我更大胆的否认女子片面的贞操”[16]。全书12章，由四郎（唯建）作序《关于庐隐女士》，上海四社出版部6月初版。

3月，第4个中短篇集《玫瑰的刺》由中华书局印行初版本，收入一年来写的10篇作品：《地上的乐园》《玫瑰的刺》《苹果烂了》《亡命》《恋史》《狂风里》《破灭》《壮志长埋》《歧路》《树荫下》。

3月，发表小说《水灾》、文论《著作家应有的修养》、杂文《今后妇女的出路》。5月，发表《上海工部局女中年刊发刊词》。

6月22日夏至，以“西风紧北雁南飞”句，手书题扇赠同事令仪。庐隐曾说，王实甫作《西厢记》，写到“碧云天，黄花地，西风紧，北雁南飞”时，构思极苦，思竭仆地遂死，引此句，寓写作极苦。

7月起，连续发表揭露南京政府治下时弊、民生疾苦、灾难的杂文：《丁玲之死》《灾还不够》《屈伸自如》《监守自盗》《愧》《夏的歌颂》《恋爱不是游戏》《花瓶时代》《我愿秋常驻人间》《男人和女人》《代三百万灾民请命》。此外，还有自传《中学时代生活的回忆》、文论《忙里偷闲的创作生活》刊行。

《火焰》经一年“蝇头细字”的悉心修改，于6月21日才改好前10章，寄给《华安》杂志。对这篇小说，庐隐为何一反常态，如此慎重其事，修改了这么久?

8月1日，一向关注并“敬重”庐隐的茅盾发表《“九一八”以后的反日文学》等文，对张天翼《齿轮》、阳翰笙《义勇军》、李辉英《万宝山》，还有黎锦明《战烟》等匆促写出的中长篇小说分别提出严厉批评。这些小说当时都在上海湖风书局发行。

茅盾指出，这些作家对“一·二八”战事根本就不熟悉，了解得不够深刻，完全忽略了人物思想意识的分析，他们没有说明是什么主观和客观原因促成上海驻军抗日死战的决心。他要求作家应有对前线后方事态的丰富知识与相当的实地经验，建议作家老老实实把个人在战时所见所经历所感想的种种，用日记体或第一人称方式写出来，这样至少也可给人们提供一幅富有真实性的时代剪影。这种耳提面命式的“总结”经验教训，对庐隐创作《火焰》无疑具有实质性的指导作用，也是她后来反复修改的主要原因。

11月10日起，《火焰》开始在《华安》杂志连载。20日，十九路军在福建发动事变。蒋介石决定组建“讨逆军”，欲彻底消灭十九路军。

1934年，35岁。1月21日，“福建事变”彻底失败，庐隐不顾蒋介石的“讨逆”，又将抨击卖国政府下令从淞沪撤军的《火焰》最后6章寄《华安》杂志连载。嗣后，夫兄李唯果读了唯建从“北新”取回的手稿后，即译为英文，以宣扬表彰我中华民族的荣光。(编者未见译著，但知道手稿于“文革”中被抄走。)可惜，《火焰》还没连载完，茅盾已经写下了长文《庐隐论》，不然其论断将是另一番景象，其势必指明，这是庐隐步入开拓时期的第三次更值得首肯的“转向”。而今可以公正地说，《火焰》应是同时代同题材长篇小说中写得最好的作品，不是“之一”。

3月，应上海女子书店总编辑赵清阁之约，自编《庐隐短篇小说选》，包括：《海滨故人》《父亲》《或人的悲哀》《丽石的日记》《胜利以后》《何处是归程》《地上的乐园》《苹果烂了》。作为“女作家创作丛书”之一，由女子书店印行。此时有文论《我的创作经验》行世。同时，庐隐被同乡作家林语堂邀为《人间世》小品文半月刊的特约撰稿人，并于创刊号上登载其散文《窗外的春光》。后来，还发表了她的文论《读诗偶得》以及两封《复〈人间世〉信》手迹。

此时，《庐隐自传》亦刚写完，在末尾庐隐说：“我愿将我全生命贡献于文艺。我愿我六十岁作自传的时候，我已经有一二本成功的杰作，那么我就在众人赞叹的声中，含笑长逝吧！”[19]

3月30日，庐隐向怀孕期间为其代课的黄九如老师寄致谢信。

4月5日，赵清阁写信求见心仪已久的庐隐。9日，庐隐致信赵清阁：“4月7日得手教，承君惠爱有加，感愧莫名！茫茫人海，原不易得一知声，庐隐何幸，竟于不意中得之！狂喜可知矣！足下处坎坷之境，而能自拔，如是坚毅卓越之精神，已足教我矣，庐隐更有何说以益足下耶？但愿彼此砥砺，勿负此生可也。庐隐历年操粉条生涯，非好为人师，特为口腹之累耳！最近以身体不适，暂请假休养，家居清寂，苟得鱼轩过我，亦所欢迎也！此请著安！黄庐隐上，4月9日。”一个月后，庐隐又收到赵女士的求见信，准备带病接待，便在小名片上写道：“来示收悉，两日来复受感冒。足下如于不日来舍，当可晤谈舒怀也！如何？致清阁鉴。庐隐伏枕草覆。5月8日。”然而，此却成为庐隐之绝笔！她俩终无一面之缘，以致赵女士后来都没勇气到庐隐灵前求得原宥！

五日之后的5月13日，上午11点20分，庐隐因难产血崩，在上海大华医院14号病室去世。弥留之际，她十分不舍，向薇萱、恕先、唯建——嘱托："宝宝，你好好跟着李先生——以后不再叫李先生，应当叫爸爸！囡囡，你长大好好孝顺父亲！唯建，我们的缘份完了，你得努力，你的印象我一起带走！"[20]次日，在上海中国殡仪馆，遵照庐隐遗嘱，按宗教仪式入殓，李唯建将其生前已出版的九部著作放入棺内，让它们永远陪伴着她。葬于上海永安公墓。

庐隐去世后，不少报纸杂志开辟专栏，发表悼念文章，刊登出版其遗作：

《我第一次所认识的社会》《梦》（上海《新夜报》，1934年5月15日）

《象牙戒指》（1934年5月，上海商务印书馆初版单行本）

《庐隐自传》（邵洵美序，1934年6月，上海第一出版社初版）

《格列佛游记》（庐隐译注，李唯建序，1935年3月，中华书局发行）

《火焰》（1935年9月，上海北新书局初版）

《东京小品》（庐隐第5个短篇集，1935年9月，北新书局初版）

尚有出版无数庐隐选集，生前好友亦纷纷发表悼念回忆文章。正如鲁迅当时所说，庐隐一去世，"很使有些刊物热闹了一番。这情形，会延得多么长久呢，现在也无从推测"。

编者王国栋

于2014年5月纪念庐隐逝世80周年的日子里。

声明：从《庐隐生平著作简编》始，编者从来都是和庐隐的大女儿郭薇萱老师合署。2012 年底，郭老师一再来电，郑重表示，她没有提供什么，不要再署她的名字。为尊重她对父母的深情，让其平静生活，编者从此不再并列其名。

注释：

①据庐隐家属回忆，庐隐生肖属己亥猪年，当生于 1899 年。庐隐同乡、同学程俊英也证实，她跟庐隐妹妹黄湘同龄，比庐隐小两岁，属丑牛，生于 1901 年。庐隐逝世时，好友刘大杰发布的出生年份是不确切的；但据其小女李恕先近期来电说，她母亲确实是 5 月 4 日的生日，不是后人据“庐隐是‘五四’的产儿”来推断的。《庐隐自传》有时按闽俗虚岁计法，本传则依实岁编列。

②1982 年编者造访力伯廉老师时，她即自报家门：“我和薇萱同龄（1924 年生），都是小学教师，我兼会计。祖籍永泰，和庐隐母亲力氏同乡。父亲力任之，生母罗端娟，庐隐妹妹黄湘（1901－1972，因中风去世）是我继母。继母曾向我谈过黄家许多家事。墙上这幅观音像就是她 1947 年画的（画上题有‘丁亥夏梅隐写’）。”力老师还说，郭梦良的妹妹郭琼，福州女子师范毕业，曾随其兄到上海读书补习英文，住在哥嫂家里。现住福州三保街纯良社 20 号，深知家底，可去调查。

③王维燊：《庐隐家世与生平事迹拾遗》，《中国现代文学研究丛刊》（北京），1998 年第 2 辑，第 215－231 页。

④庐隐：《海滨故人》，上海商务印书馆，1925 年 7 月初版，第 126 页。

⑤⑥⑨⑫⑮⑯⑰⑲《庐隐自传》，上海：第一出版社，1934 年 6 月 15 日初版，第 4、64、91、93、95、97、98、88 页。

⑦郭梦良（1897—1925），原名弼藩，字梦良，福建闽侯县郭宅乡人。自幼从乃父谊兄弟陈竹安先生启蒙。1916 年于福州一中高中毕业，次年婚后，其父方准予报考北大法科，先入预科英文班。参加过李大钊组建的“社会主义研究会”，创办过《新社会》《人道》《奋斗》等进步刊物。他是位政治哲学评论家、激进的民主主义者、五四运动的学生活跃分子。他与庐隐同是文学研究会早期会员，写有《洋债》《论白话诗之必要》《评〈新旧文学之冲突〉》《略说人生之真义》《“妇女解放”一国救急方法》《救济青年家庭压迫的意见》等。1923 年获法学学士学位毕业。不久，任国立政治大学总务长，继而应张君劢之邀到上海参加创办自治学院。论著译作颇丰，据庐隐说，其《周易·政窥》等论文为读者所称扬。著有《论孔子之文学观》《孟子管见》《说庄子》《论韩非子学说》《善与恶》《“自然调和”与“调和论”》《柯尔与卢骚》《论哥尔特社会主义学说》等论文。已出版译书《基尔特社会主义与劳动》《基尔特社会主义赁银制度》《人生哲学与唯物史观》《资本主义的浪费》，还编辑出版《人生观大论战》（三册），留有《乌托邦社会》《世界复古》等书稿。庐隐在福州期间，曾为其整理并汇编散见于各报纸杂志的论文一册（未问世）。从编者上列鲜为人知的目录中，大约可知郭君成就甚为可观。

⑧庐隐：《郭君梦良行状》，载于 1982 年 11 月《福建新文学史料集刊》第二辑。

⑩《郭君梦良行状》，最初刊于《时事新报·学灯》，1925 年 12 月 7 日。

⑪黑尼，系 20 世纪二三十年代记者，对当时福州文化界情况如数家珍。看了编者有关《郭君梦良行状》的文章，才告知上述这些信息。

⑬李唯建（1907—1981），四川成都人。1925 年考入清华大学西洋文学系。早年在上海与徐志摩、沈从文、邵洵美等人过从甚密。曾在《新月》月刊、《诗刊》《人间世》等，发表新诗、译作和文章。以译济慈的《夜莺歌》擅名。另译有《爱俪儿》（1931 年中华书局版），著有长诗《影》

(1933年新时代书局版）和《祈祷》(1933年新月书店版)。尚有《生命之复活》(95首散文诗集）和《英国近代诗歌选译》(以上均为1934年中华书局版）以及《英华旅行会话》(1935年中华书局版)、《维多利亚时代英宫外史》等多种。庐隐病逝周年时，在《文学月刊》发表《忆庐隐》。嗣后，薇萱回福州郭家，唯建带女儿恕先回成都，靠教书为生。曾创办《大华报》，出版小品文集《唯建的漫谈》《相思草》。翻译美国柯柏的《四川军阀》，英语译注《杜甫诗歌四十首》。他对庐隐怀有真挚深厚的情感。1977年，写了一首抒发生平感怀的自传体千余行长诗《吟怀篇》。1982年，恕先收到编者和郭薇萱合署的《庐隐生平著作简编》，见其姐之大名，喜从天降，据此终于寻到阔别近半世纪的薇萱，后曾给编者寄来一信并父母及其姐妹早年照片多张，以表谢意。

⑭李恕先：《怀念我的母亲庐隐》，《南方周末》，2011年7月28日。

⑱李唯建：《关于庐隐女士》，见《女人的心》，上海：四社出版部，1933年6月初版，第6页。

⑳见李唯建《忆庐隐》。该文写于1934年10月26日上海，发表于庐隐逝世周年之际的1935年5月号《文学月刊》(傅东华主编)，9月作为“代序”收入《东京小品》初版。

编后记

《庐隐全集》精装本，按年编，分 6 卷，共收入庐隐著作约 240 篇（部），其中新增 90 余篇（部）佚文，① 全集共 140 多万字，由福建教育出版社隆重推出。这是编者于 1981 年至 1983 年，背着麻袋上北京师大、北大进修期间，起手搜索查阅、大量复印、手抄庐隐佚作，其后，又历经漫长而艰难的累积，积微成著，保存至今的成果。

1981 年入学后，北京师大中文系我的导师蔡清富先生，跟我谈论搜集研究庐隐作品问题。他要我回到庐隐写作的年代去，在一页页翻阅旧报纸杂志的过程中，捕捉体验历史感，缩短与

---

① 此处所说的 240 篇（部），系指独立的单篇（部），包括《云鸥情书集》1 篇。而新增的 90 余篇（部），则是将新查找到的《云鸥情书集》19 个分篇计算在内。书中其他处同此。特此说明。

庐隐的时空距离；并且，也要观照同时代作家的创作。如读庐隐《火焰》，要留意其他作家写的“一·二八”抗日题材小说。据他所知，他们写的小说，茅盾曾严厉批评其缺乏历史真实性与时代感。从中不难窥见庐隐有否超越他们。后来，导师将我介绍给《庐隐传》的作者肖凤老师。到她家，林非先生接待了我，聊不久，肖凤老师下班回家，她招呼我坐下。林先生迎上前，轻柔地卸下她的围巾，拍拍大衣上的微尘，挂妥大衣。二人恩爱之情溢于言表，她很享受丈夫的温情，唯其如此，才更适宜于为女作家们写传。她已得知我来自庐隐、冰心的故乡，熟悉庐隐及其家属在福州的情况，有条件搜集庐隐的著作、资料，并格外热诚地回答了我十个问题。她还说，庐隐的集子，北京都有，难就难在有些初版本找不到，另外就是没结集的散篇短文，寻找起来颇烦人，她也看得不多，主要是看集子、访问作家友人费时。庐隐集子的目录，《庐隐传》里都列出来了，书待出版后，会请清富老师送去，“敬请教正”。后来，她陆续寄来《庐隐传》和几篇复印的庐隐资料。年底，我特意登门拜谢，感谢《庐隐传》为我打开一扇研究庐隐的便捷大门，也感谢她从文研所借来长篇《火焰》等让我复印。

一学期下来，我也集腋成裘了：《庐隐生平著作简编》（以下简称“《简编》”）初稿业已写就。年假回乡，遇一位要好同事，他翻了《简编》说，好是好，不过你急什么，罗列这么多佚文篇目出处，不是替人做嫁衣裳么？行家的话不无道理，只是我想，研究庐隐的人多了不也好么？

1982 年初，我携八部庐隐集子的复印本，造访庐隐与郭梦良的女儿郭薇萱老师。听说，她平时不太乐意回忆父母的往事。

岂料那天，知我来意，却面有喜色，便翻开母亲写的书，惊喜地称道："好，好，这半辈子还没读过母亲的书！"她没谈及父亲，只聊母亲的一些生活往事，眼眶便湿润了，并要我讲讲其母的故事。后来，她答应介绍知情者力伯廉老师跟我叙谈，这些书借给她看完再还我；她母亲的遗稿《郭君梦良行状》，上海带回的报纸、照片，同这《简编》初稿，要我过些时再来拿。

3月份，我校学报第1期发表了我和郭薇萱合署的《简编》。不久，李恕先（庐隐与李唯建的女儿）收到《简编》，看到半世纪寻觅无果的大姐署名，寄来一信要我转交薇萱："当你看到那本学报时，我的父亲已经与世长辞了！近几年来，不少人寻找他了解我们母亲的情况，他总是怀着真挚深厚的感情，认真地一一作答。我们常谈到你，都为得不到你的消息而感到惋惜难过，可惜父亲没能看到你的信息，假如他知道你还健在，不知会多高兴啊！"李唯建回故乡成都后的情况，以及他们一家的许多照片，全是恕先提供给我的。前年，她收到我一本拙著，向我致谢，并在电话里特地强调：她的母亲确实是5月4日诞生的，并非茅盾称她"是'五四'的产儿"，刘大杰就定其为"五四"诞辰。

1983年底，我的结业作业仍然是充实修订的《庐隐年表》，其中增补了许多佚文目录，后来在《福建新文学史料集刊》发表。这年10月，肖凤主编的《庐隐选集》由百花出版社出版。这是新中国成立后出版的第一本庐隐小说散文选集。不久，人民文学社和香港三联书店也印行了肖凤编的《庐隐卷》。此时，有两位不具名的江苏"隐迷"，手抄寄来《我生活在沙漠上》《青春的权威者》等七篇奇缺的庐隐佚文；更令人感动的是，另一位“隐迷”从报上抄寄中篇《一个情妇的日记》给我。大约这些都出于大学女生对庐隐其人及其文字深沉的爱吧。

有一天，华东师范大学的钱虹来校舍找我，说中国人民大学《中国现当代文学研究》刊登的《庐隐生平著作简编》，许杰老先生推荐给她看，才知道我也是研究庐隐的。其时我已获悉钱虹将在福建人民出版社出版《庐隐选集》。在我家深谈交流之后，她手抄几篇庐隐短文，记下几篇庐文出处，我送她《郭君梦良行状》（打字稿复印件）等，午后她赶去出版社。嗣后，她校对清样时还来我这里，诉说出书的种种难处，因篇幅有限，被删减不少难得的佚文。对此我深表理解同情。

1985 年夏天，《庐隐选集》（上下册）终于寄来了！更令人欣慰的是，钱虹编的《庐隐集外集》也于 1989 年由北京书目文献出版社出版！顾名思义，庐隐集子之外的著作，均搜集其中了。从此，庐隐有了一套较为完备的文集。看来，庐隐“遗珠”有年轻人钱虹为之钩沉，不至于“坏”在我手里了！随后各地出版社据此争相印行庐隐的作品选。到 20 世纪 90 年代，凡高校新编的《中国现代文学史》教材，也都开辟章节，给予庐隐应有的一席之地。由此言来，钱虹功不可没。

不久，我家里进行装修，需要对把卧室里几个书架的书籍作彻底清理。我便决定将大部分藏书（含两捆庐隐作品复印本及其新版书）赠献给我校中文系资料室。万一需要时，也还可去查找。

很久以后，翻查资料，在书房壁橱里，发现香港大学中文学院杨玉峰先生在《中国现代文学研究丛刊》上，先后发表《庐隐集外遗文掇拾》两文指称，钱虹的钩沉辑佚工作成绩斐然，“然而大醇不免小疵”，以下几篇庐隐佚作：《月下》《她的来信》《忙里偷闲的创作生活》《爱情的丧歌》和致陆锡祯、王礼锡的三封信函，“即属沧海遗珠”。杨先生多年来从事现代女作家研究，从其《探索与钩沉》专著及与之交谈中，便可知他是将庐隐作为重要的课题；并且，他一直做着庐隐佚文的钩沉工作，表明确实尚有“遗珠”等待发掘。

1994 年，我结束了其他研究课题，想把所有搜索来的庐隐著作目录按时序编列出来，与钱虹编的三本集子目录一篇一篇比照，看看尚有什么“遗珠”，哪怕只有几篇，亦可像杨先生那样写出几篇《庐隐遗文掇拾》。若果庐文已被“一网打尽”，我这个“老渔翁”即可泊舟悠游去；抑或尚需雪里添炭，成人之美，那就再当一回“两鬓苍苍十指黑”的“卖炭翁”吧。

根据整理统计结果，我写成长文《庐隐集外诗文掇补》，投稿于《南京师范大学学报》，不久便刊登于该报副刊《文教资料》(1994 年第 4 期)。《掇补》惊异地指明：“庐隐至少尚有 60 余篇佚文亟待掇补，否则将湮没无闻，无缘传世。”仅已出版的 11 本庐隐集子，被编辑删掉的遗珠，就多达 35 篇（《云鸥情书集》竟缺 19 篇)，各集皆成残本；而庐隐集子之外被弃置的佚作，也有 30 余篇（译著 1 部)，两者相加有 60 多篇（部)。总之，钱虹编的三个集子，因篇幅所限，仅选庐隐著作 165 篇（部)，而到 1994 年底，我们已经搜索到的，有 233 篇（部)（含《云鸥情书集》19 个分篇)，还有 20 多篇（部）庐隐佚作，也已查明出处，但正文缺如。据此预计，庐隐著作约有 240 篇（部)，其中 90 多篇（部）佚文，此前未被收编，足可编为一本《庐隐集外集拾遗补编》。

1998年，福建师大王维燊教授寄来《中国现代文学研究丛刊》（第4期）登载的力作《庐隐家世与生平事迹拾遗》。他首先肯定："对庐隐的重新发现和重新评价，是在80年代。据我所见，系统、全面地搜集庐隐作品，向庐隐亲友进行调查访问，在编辑出版庐隐作品，撰写庐隐的传记年谱和文章方面，做出突出贡献的，是肖凤、钱虹、王国栋。钱虹主要致力于庐隐作品的发掘和整理，先后出版她编选的《庐隐选集》和她辑佚的《庐隐集外集》，虽说这三卷书如王国栋所言，还未能网罗到庐隐的全部作品，毕竟是迄今为止已出版的较好的庐隐作品集；肖凤撰写了第一本《庐隐传》，书中汇入作者访问庐隐亲友李唯建及程俊英、刘大杰、陆晶清等所得到的有价值史实。王国栋、郭薇萱（庐隐大女儿）合作撰写了《庐隐生平著作简编》和《庐隐年表》，可以说是第一个经梳理、辨析后概述庐隐生平和著作的年谱，具有史料价值。"王维燊教授有感于几位庐隐研究者，乃至《庐隐自传》，对庐隐的祖籍家世史迹，几乎都语焉不详，于是他深入庐隐家乡，调查造访健在的亲属乡邻，翻阅族谱、地方志与清代职官年表等，厘正了黄（本家）、力（外家）两族不少史实和复杂的联姻关系。有了王维燊教授这篇力作，我对《庐隐自传》及前人"缺者补之，晦者明之，虚者实之，误者正之"，才让我编的《庐隐正传》臻于完善，为庐隐研究者及广大读者提供更丰硕、更准确的史实，不给后代留下永远猜不透的历史之谜。

2013年5月，福建教育出版社编辑苏碧铨来电，说社领导确定要上重点项目，出版《庐隐全集》。她苦于物色不到主编之际，恰在网上查到我写的几篇研究庐隐的文章，尤其是《庐隐集外诗文掇补》，获悉我手里握有庐隐为数可观的佚作，便认为“全集编纂，非君莫属”。她说得极为诚挚。但这样一项大工程，我一时岂敢轻易答应！况且我所搜集的庐隐著作都已赠给学校，是否能找到还不一定。但不几日，苏编辑专门登门拜访，并详细谈了出版事宜，还答应帮我查寻所缺的庐隐著作。嗣后，我到系资料室查找图书登记簿，发现其他捐赠的图书都在册，就是没有庐隐的！失落之情油然而生。日后忆起，赠书那天，我去上课，委托小女儿处理此事。于是向她问询。她说庐隐作品复印本不是图书，人家不收，又被搬下车退回来，都放在她家。庐隐其余的新版书，则放在家中书橱最高层的后壁里。庐隐著作失而复得，于是我接受了主编全集的任务。从此，我又两次赴京到国家图书馆、首都图书馆，在故纸堆里爬梳了。

这次《庐隐全集》能够出版，首先得力于苏编辑：她亲自或托人奔波于各地图书馆，搜检到 20 余篇弥足珍贵的庐隐佚文。其次就是闽江学院副校长、博士生导师、学报主编赵麟斌，为全集作序言的福建师大教授游友基，以及福建师大教授王维燊、福州大学教授强振銮诸位，他们对编者的庐隐、梁遇春等研究工作鼎力扶持与中肯评价，都使编者此生没齿难忘。在此一并谨致真诚的谢意。

“此事古难全”，历经 33 年的庐隐著作钩沉辑佚工作，越到后头，越是举步维艰。也许其中还难免有疏漏与错误，尚祈学界专家、读者诸君不吝赐教。

编者王国栋

于闽江学院